見習獸醫陷入愛河！

魚璃子——著

推薦序

小說作家　九方思想貓

在忙碌的職場上，有沒有可能萌發出愛情？

有沒有可能，在不講道理的世界裡，有一個和妳我一樣，被現實、被人群、被世道在臉上壓出一道道鮮紅印痕的人，能在兵荒馬亂、貓不疼狗不愛人不諒解的獸醫院裡斬獲一段魔法般的邂逅？

魚璃子以她輕快且能夠觸動人心的筆鋒，在本文裡一面灑糖，一面牽著讀者的手，在狂風暴雨的獸醫職涯風景裡，瞥見不可多得的徐風。

如果要問我對這本書的感受，那必須是——

「老子是戶政事務所，妳們倆給我立刻原地結婚！」

我認為各位也值得這種變化。
我們一起讀這本書，一起變成戶政事務所吧。

推薦序

同人作家　然寧（焚鯨）

非常開心收到魚兒要出實體書的消息，也很榮幸有這個機會受邀寫序。

要追溯到跟魚兒認識的起源，那大概已經是十年前的事情了。當年我剛開始寫同人的時候聽說有個非常大的主流創作平台，好奇心驅使之下進入那個平台，也因此成為魚兒的忠實粉絲。

當年魚兒可是輕小說排行榜前十常客！而我就是那天天踩點追更的小小書粉。至於在那之後是如何機緣巧合成為像是朋友又如同家人一般的存在、並一起持續的走在創作道路上，那就是一個很長的故事了。

時常會覺得這人的故事有種魔力，分明是簡單的文字、並不格外華麗的詞藻，卻分外引人入勝，讓人隨著故事的跌宕而心緒起伏。

我喜歡魚兒的故事，喜歡她帶著生活化的形容人們的情緒，喜歡她用歡樂的角度敘述沉重的分離，彷彿整個世界有兩種面孔，她眼中的一切都是美好的、是值得珍愛的，是被陽光籠罩著的。

所以看她的故事，是快樂的。

我是一個比較偏向冷淡的人，看待事情向來相對消極，本身也是養了兩隻嬌氣毛孩子的鏟屎官，閱讀故事時也更能完整的代入身為飼養者、又或者是照顧者的心情。

許多挫折迎面而來的時候，魚兒筆下的角色向來選擇以正面積極的態度迎戰、而不是消極負面等待放棄——而那會是我的選擇。

也許就是為何我總是被她的故事吸引，沉迷其中無法自拔。

總能從故事裡捕捉到不同觀看世界的視角，也因為看見她筆下的角色努力堅持著夢想而告訴自己「再努力一下吧」。情緒低落時安靜的閱讀，讓那些溫柔的情緒安撫自己疲倦而孤獨的內在，稍作休息後也就又能獲得一些勇氣，讓我得以繼續邁步向前走去。

無論是創作或是現實生活都是一樣的。

我也向來信奉「閱讀是靈魂充電」的說法，閱讀她的故事、感受那些正向溫暖的情緒，我就像被充上電了一樣。因為現實種種而幾近枯竭的靈魂，得到了暫時的休憩停靠。

這是魚兒的文字獨有的魔力。

所以不管你是現任鏟屎官、雲端鏟屎官，又或者你根本就對寵物沒興趣，你只是想看甜甜的戀愛、全程被陽光在身上照好照滿的那種——我都推薦你來看這本書。

我也想讓你們體驗我閱讀過程中感受到的溫暖與愛，那是她最擅長的、陽光一樣的魔法。

歡迎各位來到她的世界。

推薦序

網路作家　蒔洛

什麼也別說，開頭先謝謝貓。要不是有隻貓的存在，這本書的稿子都不會出現在出版社的投稿信箱內，更不會走到如今的大家眼前。

謝完貓之後得來讓我思考一下，如何在不劇透人的情況推薦這本書跟這個認識多年的小伙伴。

我家有一隻狗、兩隻貓，狗被稱為弟弟，貓……貓算是家中開店的店貓，謝過貓後就不多提貓了，說點狗的事情。

作為被家中大多拜託把狗弟弟生病送去治療的我，許多人去的可能跟我一樣，都是日常的小診所，因此沒能真的看到魚書中那樣大的醫院忙碌景況。

雖然很多人口中都是生命平等，但真的是那麼平等的嗎？家人生病，可能會耗重資不遺餘力的將人努力從死神中帶回，但貓跟狗或者是其他動物呢？不少都會產生花好多錢，不要救了……就此放棄了牠的生命。牠明明還可以拯救的不是嗎？日常口口聲聲說著牠是自己的家人，但真的會為此付出大量錢財的，又有幾個？

而這上面所說的，只是書中的一部分，更多的是在說動物醫院的忙碌，述說中我們很多人不知道的動物醫院的忙碌日常，當然其中也少不了裡面所有角色的感情發展。可僅是一小部分，就能讓人忍不住去思考日常，或許這就是閱讀書籍的魅力，也是作者手法掌握的好。

認真來講，把這當成一本述說男女情愛的小說真的不是很標準，裡面更多的是動物的故事，但妳要說它只是本記錄卻也說了許多裡面主角小橙子的成長轉變，當然還有其他人的感情變化。

認識魚真的很多年了，她過往真的不寫這類文，如今這本書的面世，讓我真的想對她說：「嘿？有些難為妳了，但妳這不就做到了嗎？勤勞點，該起來寫文了。」

魚就是個沒有人催她，她就不寫稿子的那種人。雖說她的日常也真是忙碌到不行，但魚跟我都經歷過了許多寫作低潮，我看著她跟著我一起天天日千字寫稿，到現在一個月寫不到一千字，說不懊惱是沒有的。

她願我如星塵，永遠都能閃閃發光。我也想說，我也希望妳也是，所以不要讓現實拖累掉妳寫出世界的能力，妳明明還能寫出這麼棒的故事不是嗎？

最後，我想說，妳沒把書名取名叫《河馬破西瓜》，或者《焊死前男友棺材板紀錄實錄》，真是太可惜了。

推薦序

網路作家　不二權

最一開始跟阿魚認識是在許多年前的某個文學網站中，永遠記得她那時候仍是排行榜上的大神，縱使網站消失後阿魚仍在這條路上緩慢但持續的前進著。

其實我很意外她這次出版的會是愛情類的現代小說，她當初可是沒有魔法、奇幻生物、刀光劍舞就寫不出故事，故事中絕對不會出現女性角色，所有角色都只能孤家寡人或去搞基的狠人。

結果某一個月黑風高的晚上，阿魚突然跟我說她把她第一次用第三人稱寫的愛情小說投稿了……然後下一次收到她的消息便是已經過稿且準備出版。好一個不寫則已，一寫就得出版茶毒眾生的魚，才一轉眼的時間你便要破繭展翅。

說了許多她，現在把握時間說一下故事，翻開第一章就能感受到滿滿屬於魚璃子的氣質，她鮮少寫愛情所以從故事中可以看的出來她小心翼翼地在嘗試，使人閱讀的時候也能跟著感受到那屬於戀愛的緊張和青澀。

要翻開本書的讀者，小權子只想在這裡告訴你們，阿魚寫的故事絕對別把她當作一般的愛情故事，裡頭的故事可是讓我差點在上班的時候哭出來。說《見習獸醫陷入愛河！》是一個由男女主角包裝而成的愛情小說，不如說是一個由人與寵物交織出來如何好好說愛的故事。

故事中說著許多關於獸醫的莫可奈何，也說著許多的束手無策，更教會我們時候到了就該好好地說別離。

最後希望閱讀本書的你們在往後的日子裡，無論追求著什麼夢想，遇到了什麼挫折，身邊都能有一個屬於你們的男女主角，支持扶持著你們一同跨過難關，一同高歌豐收的美好。

魚璃子希望妳也一直都如此耀眼，能夠順風而行！

Content

目次

第一章　總有人會懂妳

人來人往熱鬧的街道上，一輛寫著動物保護科的車輛停在了路口，車上不時傳來犬貓的吠叫聲，引來周遭的注目禮。

搭配著後頭不小的背景音樂，年輕的司機聯絡著要收容車內這些流浪動物的園區，做著最後的確認。

「您好，這邊有三隻小型犬，兩隻大型犬，四隻貓咪會在半個小時後送到園區安置。」

「牠們身上的外寄生蟲都已經做過基本的處理，傳染病的部分皆為陰性。」

「其中有兩隻貓咪有愛心媽媽後續追蹤，一隻狼犬外耳有咬傷已做過基本醫療處理，馬爾濟斯犬有人有認養意願……」

「叭叭叭——」

車上司機做著匯報的同時，一台貨車突然失控的從對向車道長鳴著喇叭朝載滿犬貓的車輛攔腰撞上。

位於A市郊區有一個全區最大的動物醫療中心，裡頭分為好幾個大區，無論是內科、外科、手術、骨科，只要您的寵物有任何疑難雜症，艾奈盟綜合動物醫院都能為您提供服務。

本該是寧靜風光明媚的早晨，急診處卻早早就塞滿了身穿深藍色刷手衣，外頭套著醫師白袍的獸醫師和醫師助理們。

大約在兩分鐘前，艾奈盟動物醫院收到即將有大量傷患要送來的通知，是一場嚴重的車禍。

車上的人皆無嚴重的外傷，生命無虞。

但是車內的動物卻翻滾成了一團，後車門打開的那一瞬間，悶熱的毛髮氣味、排泄物的刺鼻味還有那濃厚的血腥味讓所有人一時間都頓在了原地。

堆撞成團的鐵籠，關在裡頭不知生死的犬隻不時發出痛苦哀鳴聲的低鳴，慘烈的情況讓一群經驗豐富的醫師們突然都不知道該如何下手。

「還愣著做什麼！」身穿白色醫生袍的總醫師最先回過神，開始給予下頭獸醫師指令。

「先把籠子一個個搬出來，按照外觀嚴重程度分類。」

「動作小一點，別造成二次骨折，小心牠們露在外頭的四肢別壓到籠底！」

很快速的總醫師將受傷的狗狗和貓咪按照嚴重程度分成了幾個區域，接著馬上將工作分配下去，爭取盡早釐清傷勢的輕重緩急得出最佳治療方式。

「徐江臨、林莉亞你們帶明顯骨折的犬貓跑一趟放射科，我要知道骨折嚴重程度。」

「你們兩個帶著這兩隻小型犬去診療室做外傷包紮。」
「許路年，準備簡易外傷縫合，先把血給止住。」
「蘇澄……蘇澄？蘇澄！」
「在！」一個綁著高馬尾，眼睛大而圓，穿著深藍色制服，名牌上寫著獸醫師助理字樣的年輕女子恍然回神喊著。
「別發呆，幫我聯絡血庫準備核血。」
「好！」
「蘇澄，這裡要插管，備材料。」
「幫我安排手術室，這隻狗撞擊嚴重橫膈破裂，腸子全塞到胸去了，要緊急手術。」拿著一份報告從放射科出來的一名醫師喊道。
「好的！」
「蘇澄，血液備好了嗎？我要二百五十毫升的血，配對報告記得確認。」
「蘇澄，這裡要插管急救球！」
「蘇澄！」
人手緊張的情況下，作為醫師助理的蘇澄就這麼成了被呼來喚去的角色，小到和車禍司機填寫犬貓資料，大到幫忙插管急救備手術室，這些全都在醫師助理的工作範疇內。

忙了一整個上午，近十隻的車禍傷患終於被安置好時已經是下午時間，蘇澄揉揉自己的臉回到了艾奈盟住院部，準備開始清掃環境和協助醫師治療犬貓。

「我看看今天的輪班醫師是誰。」

翻著外頭的輪班表，蘇澄嘴裡還咀嚼著好不容易抽空塞了一口的麵包。

「喔，是林莉亞。」

看到友人的名字蘇澄點點頭。

她估計友人還要半個小時才能從那台胸腔外科手術室離開，先打掃環境，順道幫莉亞將病歷紀錄、血壓血氧還有住院資料填好，省的兩個人一起加班到日出。

看著病房滿噹噹或趴或站或搖尾巴的住院犬貓，蘇澄將自己的頭髮重新扎了遍。

「上工！」

「波普！你再把飼料碗翻倒，我就沒收你的肉條零食。」

「小雪來把爪爪伸出來我看看，哎！你看看點滴管都捲成麻花辮了，這樣待會重新打針會痛的。」

「呦！小花今天大便是整條漂亮的，很棒很棒。這幾天都拉出漂亮便便就可以回家囉！」

框啷——

一只金黃色的黃金獵犬咧著嘴一腳將蘇澄裝滿的飼料碗踢翻，一顆顆的處方飼料散落一地。

「波普……你知道我向來說到做到吧！零食沒了！」

「雪麗乖，待會就換你，等我一下。」

「波普！又是你！」

「小橙子，你怎麼又在給狗訓話？從走廊都能聽見你的嗓門。」

終於結束胸腔手術的林莉亞一推開住院處的大門，便看見裡頭有一位獸醫師助理忙得不可開交，東摸一隻狗頭西扯一隻爪子，還有滿地的飼料像彈珠一樣被踢來踢去，戰況激烈程度瞧一眼便知。

「莉亞。」手裡扛著籠子底盤準備清洗的蘇澄打了個招呼。

推開住院區隔離門的是她在動物醫院的好友，林莉亞有著一米七零的身高，波浪大捲的頭髮增添著成熟的魅力，臉上精緻的妝容還有漂亮的容顏更讓她在加入艾奈盟後便一舉奪下院花的寶座。

林莉亞隨手綁起自己的長髮，翻看著手裡病例的同時，她頭一抬便皺眉問：「今天只有妳一個值班？」

「慕梨花她今天身體不舒服請假。」

「……八成又去陪男朋友了，嘖。」林莉亞小聲的咕噥。
那朵小梨花她昨天可還在通訊軟體上看到她被一大群男士簇擁著去吃大餐呢！
結果今天就吃出病來了？她才不信！
對於那個上班還帶著滿身首飾，戒指項鍊手鏈腳鏈一樣不缺，也不怕沾到貓狗排泄物，講話嗲聲嗲氣，還常指使小橙子做一些本該是自己工作範圍的女人，林莉亞只想搖頭嘆氣。
林莉亞還在心疼小橙子和那種可怕的女人被分在同一個工作崗位會不會很害怕的時候，她注意到總是笑得一臉孩子氣的蘇澄看著自己好像有什麼話要說。
「看著我臉想什麼壞事？」林莉亞揚眉問著。
「想你好看呢！」回過神蘇澄笑咪咪地應著。
雖然發現好友的異樣，但是林莉亞啪地闔上病歷夾沒有選擇在上班的時候去過問，只提工作的事情：「讓我們爭取提早下班。」
轉過頭看著一大推黑壓壓的狗頭喵頭，蘇澄用著質疑的目光看著明知不可能在晚餐前下班，還說出如此弘願的林莉亞。
女人，妳想多了。蘇澄冷笑了一聲。
「現在時間下午四點，距離我正常下班時間還有一個小時。」蘇澄將手腕放到眼前，對了一下時間，「讓我猜猜莉亞小姐能不能趕在晚上八點前將這一大群寵物治療、填寫病歷、採檢送驗完畢。」

當蘇澄唸到第二項該做的工作時林莉亞早就摀住自己的耳朵，嘴裡還逃避似的喃喃念著：「我不聽我不聽，牠們已經長大了，能夠自己痊癒。」

「我聽妳在作夢。」蘇澄翻白眼的同時手下工作依然沒停的繼續將籠子擦洗消毒殺菌。

「你這樣很容易失去我的。」林莉亞用她手裡夾資料的板夾敲了蘇澄的頭一下，「這回我找了兩個幫手。」

不久後住院區的門被推了開來，走進一位身高目測一米七七左右，有著一頭清爽的黑色短髮，白皙皮膚臉上沒什麼表情，身穿白大褂識別證上寫著獸醫師字樣的年輕男子。

……徐江臨？

看到來者，蘇澄忍不住多看了幾眼。

這不是傳聞艾奈盟裡頭票選最想成為男朋友對象的頭牌嗎？據說臉蛋好、脾氣好、身材好還是個學霸。

不僅是蘇澄多看了他幾眼，就連徐江臨看到蘇澄的時候也多看了一眼。

他其實沒想到會在這裡看到她，不過看對方的表情可能已經不記得自己了。

但是那張臉就跟記憶中的一樣，半點都沒變。

「莉亞。」將目光移開徐江臨對林莉亞點點頭問候。

嗯，連聲音都挺好聽。蘇澄決定再給院區男神加上一分。

「徐江臨，今天就麻煩你了。」林莉亞笑彎著眼，熱絡的拍上了徐江臨的肩膀。

帥哥配美女，這畫面真美好。

兩人並肩而站的互相交流，就連徐江臨都露出了淺笑，縈繞一種時間長河中只有妳我相伴的氛圍感，要不是旁邊一堆汪汪叫的狗子，畫面可能會更有質感。

男獸醫師票選第一名，和女醫師票選第一名，這配對蘇澄滿分給過。

「許路年呢？」

在徐江臨點名最後一個要來幫把手的獸醫師時，外頭來了一個有著一頭微捲的深棕色短髮，笑起來的時候臉上有兩個酒窩，大大的圓眼睛讓人感覺總是在笑，散發出可愛小動物般溫暖氣息的人。

「抱歉，遲了點。」許路年對住院區眾人點點頭。

要蘇澄說的話，這臉這氣質到市場買菜肯定能受到廣大的阿姨們吹捧。

蘇澄見到來人快速地點評，她甚至覺得在這一刻住院區的顏值直接上升好幾個百分點，要是數據可見可發光這裡一定閃耀著光輝。

人到齊後，徐江臨和許路年快速地翻看病歷，以求最快掌握狀況，提升治療效率和品質。

汪汪汪汪——

汪汪！汪汪汪！

喵嗚嗚嗚——

「波普，沒你的事。大家安靜一會！」為了維護醫師們的閱讀品質，蘇澄努力管控著場內秩序。

所有的住院動物聽到蘇澄的呼喊後，全都像是被按下了靜音鍵一般瞬間靜默，有些精神比較好的貓咪還不停蹭著籠邊要她摸摸牠們……她當初是這麼想像的。

可是殘酷的現實是，住院的犬貓依然彷彿沒事兒一般繼續揮灑自己的精力，艾奈盟住院區依然熱鬧滾滾。

「汪汪！汪汪汪！」

「汪汪？」

「喵喵嗚——」

也不氣餒，蘇澄往最吵的那隻狗狗籠邊一站，那隻狗馬上停止引人注目的吠叫，強壯的尾巴甩著籠子隔板咚咚作響。

「我們家的狗狗很乖，都很聽我的話。」

「……」徐江臨好看的冰山臉面無表情地看著聲音都快被吠叫聲蓋過去，還拚命說狗狗很乖很聽話只是有時候比較吵的蘇澄。

果然還是傻的一點都沒變，想起什麼事情般徐江臨抽了抽嘴角。

「哈哈哈小橙子很可愛對吧！」林莉亞滿意的對好友豎起拇指，和對方的拇指在空氣中完成互相鼓舞交流。

「開始吧，不然大家要一人找一個籠子過夜了。」許路年率先放下病歷，將醫師袍口袋裡的聽診器掛到脖子上。

「爭取提早下班。」林莉亞依然野心勃勃。

蘇澄：「……」

妳到現在還想著這件事情啊？妳沒看見妳帶來的幫手都說要找一個籠子過夜了。

三人合力下，治療快速地進行。

「小橙子，這裡我一個人可以，妳去看看他們兩個要不要幫忙。」

蘇澄放下手裡的工作，推著治療車到了正在查看哈士奇狀況的許路年旁邊。

「今天食慾如何？」許路年也不廢話，直接問著住院犬隻的狀況。

「今天小寶稍微願意進食，排便和尿液都正常只是精神不太好。偶爾還是有乾嘔的症狀。」蘇澄熟門熟路的匯報著狀況。

「喔？」許路年露出滿意的笑容，笑的大眼睛彎了起來，「挺詳細的。」

「待會準備一瓶點滴，營養針。進食的狀況再繼續監控。」許路年幾筆便將治療方案寫下。
「好。」蘇澄換了一份病歷，並說著下一隻狗狗的狀況。
「路年過來幫我一下。」
林莉亞喊著人手幫忙的同時，一直都沒什麼說話的徐江臨也喊了她一聲。
「……那個誰。」
「蘇澄。」蘇澄快步走過去的同時不忘提醒一下，她湊上去看了一眼發現是一隻正躲在角落露出戒備眼神的西斯犬。
「牠是小春，今天早上車禍剛入院。」蘇澄給出基本資料，「已經照過X光，右大腿骨開放性骨折，明天會進行手術。報告上有輕微脫水的現象，由於即將手術的緣故沒有嘗試給予餵食，稍早給過一次點滴和營養劑。」
聽見自己只不過喊了一聲，蘇澄就已經將他想要的資料說完，徐江臨的表情也緩和了許多，就是講出來的話仍十分傲嬌彆扭，「還行。」
看了言不由心的艾奈盟大帥哥一眼，蘇澄撇了撇嘴……其他妹子手裡的徐江臨檔案肯定不知道她們的偶像嘴巴這麼不老實。
「拿條浴巾，要保定。」徐江臨看著另一籠縮瑟在籠邊張牙舞爪的貓咪說道。
通常遇上不肯配合的貓咪，為了增加牠們的安全感，減少醫事人員在治療時受傷的風險，都會以一條乾淨的軟布將其蓋住，再進行觸碰的工作。

蘇澄拿著乾淨的大浴巾回來時，一推開住院部的玻璃門，入眼便是徐江臨那張帶著淺笑的側臉。

透明窗子旁的夕陽灑落帶點淡淡的橘色，照在徐江臨的身上沖淡了白袍的生冷帶了點暖色調，蹲在籠前他用著輕柔的聲音低聲哄著裡頭拱背炸毛的貓咪。

「沒事的，不要怕喔！」

「趕快治療好，就能回家找媽媽了。」

「小咪咪最棒了，一定會乖乖聽話對吧？」

「我會儘量輕一點，把小爪子借我看好嗎？」

就算得到的回應仍是眼鏡蛇張嘴吐信般的嚇嚇聲響，還有那時不時伸出來抓撓一通的爪子，徐江臨仍耐心地安撫著。

眼前畫面祥和的讓蘇澄心跳突然大力鼓譟，在她思考著要不要打擾夕陽、美男、貓咪集合而成的美好畫面時，那個畫面中美男柔和的臉看到她時卻突然板了起來，然後一個眼刀子就射了過來。

剛剛徐江臨是發生了什麼進化嗎？蘇澄完全無法將剛剛那歲月靜好的臉和此刻的冰塊臉放在一起比對。

那臉說變就變，快的讓她原本沉靜其中的心跳直接驟停。

「別發呆了。」徐江臨話落下的瞬間，一塊夾著病歷的板夾就直接塞到了蘇澄手上，「紀錄，別恍神寫錯。」

「好！」甩甩頭將剛剛夕陽美圖拋諸腦後，蘇澄仔細地聽著吩咐。

太陽落下後約莫三個小時，大約晚間八點大夥兒終於完成住院區的治療，下了班換上便服，蘇澄剛走出艾奈盟就看見早已等在外頭的林莉亞，她揮手打著招呼。

比較讓她意外的是，林莉亞身旁還站著兩位同樣剛下班正在呼吸外頭新鮮空氣的男士，分別是艾奈盟人氣第一名的的徐江臨還有市場潛力股許路年。

「徐江臨、路年，這是蘇澄，住院部的醫師助理。缺助理協助的時候可以找她。」

「徐江臨和路年都是獸醫師。你需要搬東西的時候可以找他們。」林莉亞重新替大家互相介紹了一次。

貴為醫師卻在林莉亞口中淪為搬運工的兩人：「……」

「既然大家都彼此熟透了，那我們去哪喝一杯好呢？」

這樣算是熟透嗎？

從初次見面一瞬間晉升為熟透的大夥一時間都跟不上林莉亞的腦頻率，不過她也不在意的已經自顧自地搜尋起附近的宵夜推薦。

「啊！這家不錯！」林莉亞拿著手機像個小女孩一般開心的攬過蘇澄的肩，指尖指著一家宵夜場的日式料理店。

當林莉亞興致勃勃地招呼眾人時，許路年一臉歉意的合掌：「抱歉今晚我值班，想先回宿舍睡一會。」

邀請許醫師失敗，林莉亞將目光順暢的移到下一位冰山美男。

冰山美男回答十分簡短：「值班。」

一連得到兩個值班回應，備受打擊的林莉亞將願望寄託給下一個理當不用值班的友人身上。

蘇澄受到那飽含強烈希冀的目光注視只能扭過了頭迴避，「今天稍微有點事情……」

這麼說著的蘇澄下意識緊了緊自己已經一天都沒有勇氣打開的手機。

第一次的熟透聚會就這麼原地解散，空蕩蕩的道路上看著自己的影子被一盞盞路燈無限拉長，蘇澄輕輕的呼出口氣並輕聲地給自己打氣。

「沒事的蘇澄，沒事的。」

「總會遇到懂妳的人。」

「下回選個更好的……」

當她自娛地踩著自己影子，想著事情晃晃悠悠地回到宿舍前時，那兒有一個修長的身影靠在門邊，手裡還提著大包小包的零食飲料。

「真慢，都在猜妳是不是迷路還是給壞人拐了。」站在蘇澄宿舍門前的林莉亞抱怨著。

原本還垂著頭的蘇澄，在看到門前那熟悉的身影時，突然覺得自己有點委屈。

「等等，先別哭！」林莉亞見狀直接摸了摸蘇澄的頭，讓她有什麼話進門再說。

熟門熟路地找了一塊軟墊子靠著，將手裡的飲料和零食往桌面一擺，先乾了一口汽水的林莉亞滿足的哈出一大口氣。

「哈——真棒！」

「我覺得能把橘子汽水喝出喝高粱般的氣魄也是一種天賦。」也給自己開了一罐汽水的蘇澄無奈地笑著。

「說吧，妳今天怎麼了？」林莉亞隨手撕開了一包洋芋片，吃的嘎崩脆響。

從今天一早處理車禍的時候，她就發現了她們家小橘子不對勁，院長這麼大嗓門都還喊了這麼多聲才能回過神來。

而且今天那顆橘子動不動就分心，平時她可是可以和住院動物你汪一聲她回一則奇幻故事的狠人啊……今天居然沒有聽到故事的新篇章，怪奇怪的。

所以第一個照面，林莉亞就知道蘇澄一定發生了什麼事情，剛剛在外頭要不是她阻止肯定就直接在大街上哭了出來。

「今天我男友和我分手了。」蘇澄無奈的苦笑。

一大清早蘇澄就收到交往兩年半的男友向她提了分手，想到這兩年多來的摩擦她也只能無力地嘆氣。

「喔！原來是有人在今天意外身亡，怪不得妳這麼傷心。」

林莉亞的交友準則之一，只要是前任一律視為死人。

原本還有些傷感的蘇澄，在聽到林莉亞嘴上不鹹不淡地咒人死之後，心中的鬱悶直接被沖散了大半。

「什麼原因？」

咬了口林莉亞遞來的薯片，在聽過前任死人論之後心情稍微緩過來的蘇澄這才慢慢釐清著兩人之間一直存在的問題。

「他嫌我總跟動物膩在一起，假日也要上班，不懂得好好打扮自己。而且身上總有一種他不喜歡的消毒水味道和動物的氣味。」

「嘖嘖，渣男啊！」

這些話全都是站在自己的立場，半點都沒為對方著想，一個字渣，兩個字特渣！

林莉亞一把將鋁罐捏扁，啵地又開了新的一瓶。

「雖然秉持著不和死人計較的原則，但是真的渣。」

「他才難聞，滿身廉價古龍水味。」林莉亞皺皺鼻子冷哼一聲，「而且我記得妳終於考上了獸醫系的夜間部對吧？」

「下個月就要去報到。我當初要考試的時候，他也為了這件事情跟我大吵。」

「讓我猜猜那種鼻子朝天看的人都會說些什麼。」喝了口氣泡酒潤潤嗓，林莉亞模仿著前任的語氣說：「如果考不上說出去不是讓我很丟臉嗎？妳就不能找個簡單的大學，拿個文憑就好？更何況讀了夜校不就更沒時間陪我？蘇澄妳就待在我的公司做我的秘書不好嗎？」

「成天跟那些臭哄哄的生病動物湊在一起幹嘛！」為了模仿得更活靈活現，林莉亞還特地揚起了自己的下巴，用著都是為妳好的口吻卻擺出一副高高在上的姿態。

……完全一樣。

發現前任被百分之百還原，自己也把前任當作過往者後澈底清醒過來的蘇澄忍不住噴了一聲。

「現在冷靜下來，覺得自己一定是瞎了。」

雖然嘴巴上說的好像自己蠻不在乎，但是蘇澄的眼淚還是無法控制地慢慢在眼眶堆積，趴搭趴的滴落在桌子上，累積成一塊塊的水灘。

一整天都不斷告訴自己跟那種總嫌棄自己，把自己貶的一文不值的男人分手沒什麼好哭的。

但她就是覺得不甘心……

以前拼盡了自己的全力，就想考上心心念念的獸醫系，努力後卻失敗了。失敗被問為什麼這麼笨，別人能做到的事情自己做不到。

現在當別人努力打扮自己，出門逛街的時候，她努力賺錢念書就為了再試一次追求自己的理想。

成功了……最想從他身上得到祝福的人卻又對自己冷嘲熱諷。

這麼努力還不如當我的秘書，不是比較輕鬆嗎？是傻子都知道該怎麼選。他當初電話中是這麼說的。

「只不過是希望自己的理想被認同，好難。」蘇澄用力吸了吸鼻子。

「我們小橙子最棒了，要不是醫院不允許不然我都想在大門掛一個紅布條慶祝妳即將成為獸醫師。」

林莉亞用著十分嚴肅的口吻說著，讓蘇澄直觀的感受到要是醫院允許她真的會把布條掛上去，然後大肆宣傳自己考入獸醫學系的事情。

「要逼我用那塊布條自殺啊……而且成為獸醫師還早得很。」聽到林莉亞的話，蘇澄噗的笑出帶著鼻音的笑聲。

「以後別為了那種人哭泣。」

「蘇澄，他不懂妳的好，不懂妳的夢想妳的理想。但是總有人會懂得對吧？」

喝著帶點酒精的飲料有些微醺的林莉亞拿著衛生紙胡亂地替蘇澄抹了把眼淚。

「蘇澄我們會做出很多錯誤的決定，但是當妳遇上正確的他，請一定要擦亮自己的眼睛。」

「千萬別放跑了！」說著林莉亞還揮舞了一下自己的拳頭替蘇澄打氣。

「謝謝。」經過林莉亞這麼一說，蘇澄呼出了口氣，心中的鬱悶消退大半。

不過就是做了一次錯誤的選擇，沒什麼好哭的！下一次一定能做出對的選擇。

見人終於主動拆起零食吃了起來，眼神重新恢復閃亮，又是她那顆新鮮的小橘子，林莉亞拿著新開的水果調酒和蘇澄碰了碰杯子。

「你覺得怎麼樣？」打了個氣嗝，林莉亞突然問著。

將嘴裡的牛肉乾嚥下，蘇澄下意識回答：「挺好吃的。」

林莉亞聽見蘇澄的回答直接從對面傾身，朝著她的額頭就是一彈，空蕩蕩的迴響聲響起。

摀著額頭，躲著她還想再彈第二次的舉動，蘇澄瞇眼看著眼前該不會是喝醉的女人一臉防備。

詞彙缺乏只能用好吃來形容錯了嗎？

「……我是問你這個嗎？」林莉亞扶扶額一臉無奈，「我是問你覺得今天他們倆怎麼樣？」

「許路年和徐江臨？」

雖然不知道友人好端端提他們兩個做什麼，不過蘇澄還是給了中肯的蘇氏見解。

「我覺得都挺好的。」

林莉亞聽到後攤了攤手，一臉得了，我不該強求妳能說出甚麼感想般，那種她早該料到不該對水果橙寄予重望的表情。

「他們兩個願意來幫忙讓我能順利吃到宵夜，我很感激。」

「我一個人也能完成。」將晚餐變成宵夜的林莉亞還在嘴硬。

「呵呵。」我就不戳破你了，你的能耐自己知道。

蘇澄看著某莉亞冷笑兩聲。

咖搭咖搭！

兩聲輕響過後，臉蛋已經微紅的林莉亞居然一口氣悶了兩瓶水果酒，動作快到蘇澄直接看傻了眼。

哇……今天到底是妳失戀還是我失戀，這麼喝隔天腦殼一定會裂開。

蘇澄腦中已有了明天肯定有人會對自己使出頭好疼、頭好暈、好想死厭世三連發的預感。

像個大叔般發出長嘆的林莉亞有酒膽後傻笑著道：「蘇澄，我有了喜歡的人。」

沒想到信息量會突然這麼大的蘇澄，一口汽水差點直接喝到肺去。

這可是大消息，一直瞎扯著這動物醫院裡頭不是狗就是貓，不然就是宅男禿頭佬胖大叔的林莉亞這回終於親口承認有能入她眼的人類

「是誰？」

問了第一聲沒等到任何回應的蘇澄，起初還覺得或許她是因為害羞需要一點時間緩緩。

沒想到等了半晌只聽出了對面的呼吸聲越來越勻稱，蘇澄頭一抬就看到早已經把自己胡亂灌醉睡過去的林莉亞。

「真是的，妳好歹也把喜歡誰說了再醉倒。」

「把人胃口吊著不上不下的，更何況還醉的比我這個更該大醉一場然後再大睡一場的人還快。」

收拾著酒後的殘局，再把人喬一個舒服入睡姿勢的蘇澄，看著已經睡得東倒西歪還說著夢話的林大美人無奈的搖頭嘆氣。

「徐江臨……」

徐江臨？

那個冰山傲嬌是妳喜歡的人？

不久前聽到關鍵句，現在又聽到關鍵字的蘇澄將自己的耳朵貼得更近。

「徐江臨只是臉很臭，可是心腸很好，小橙子……你可千萬不要討厭他。」林莉亞在睡夢中依然關心著今天剛成立的熟透組彼此間會出現嫌隙。

「蘇澄，答應我不要討厭他們。」

「我最喜歡你們大家了，所以不要討厭……」

看著緊揪著自己袖子不放宛如小孩般想要一個承諾的林莉亞，蘇澄輕笑了聲：「會跟小動物柔聲說話的人，才讓人討厭不起來呢！」

徐江臨雖然一副所有人都欠他一份病歷報表般的冰山臉，但是當那夕陽輕輕點綴在他身上，還有他對小貓的柔聲細語……老實說挺吸引人的。

她認為世界上每個願意和小動物輕聲細語，並喊著牠們的名字而不是用「喂」或是「東西」來稱呼他們的都是溫柔的人。

都值得長命百歲，也值得別人溫柔以待。

第二章　感情定是遍地花海

滴滴、滴滴、滴滴——

諾大的醫院，輸液機器低調卻存在感十足的響著。

雪白的牆壁，一籠籠關著生病動物的鐵籠，淡淡的消毒水味道混雜著尿液、糞便，如此多層次的味道待在裡頭的獸醫師和醫師助理卻不曾皺過眉頭……除非看見灑落滿地的飼料和踢翻的水碗。

「波普！又是你！」

蘇澄手腳俐落的先看了眼住院部有沒有住院的小動物出現需要緊急處理的狀況，確認完畢後她站到黃金獵犬波普的面前十分嚴肅的警告。

「波普，我說過你再把碗踢翻，我會沒收你的零食。」

「嗚汪！」

「裝可愛也沒有用！我今天就是莫得感情的蘇澄大魔王。」

「汪汪——」

「小春今天怎麼樣呢？」蘇澄移到下一籠，確認著點滴入針處是否有出現異樣，順道觀察著每隻小動物的情況。

「哇！桃子把所有的飯都吃光了！這樣很快就可以回家囉！」

「喵嗚——」一隻黑白色花紋的賓士貓開心的磨蹭著籠子。

「蘇澄，你可真有精神。」

住院部除了蘇澄外的另外一位醫療助理慕梨花打著哈欠走入，伸伸懶腰慕梨花以一個完美的自拍開始住院部的一天。

跟著一排點滴架擺拍的慕梨花，發照片的同時不忘加上一句標語，「早安！梨花今天也會努力工作的！」

「梨花早安。」蘇澄在慕梨花完成拍照打卡上傳一連串上班前置作業後，揮了揮手。

「哈——早。」相機一拿下來，慕梨花馬上又打了一個大大的哈欠。

如果說林莉亞是帶點高冷如玫瑰般高挑高雅的女性，那麼慕梨花就是另一端的代表。身高不過一五五出頭的慕梨花化著時下最流行的韓系妝容，高高綁著的包包頭上還有小花朵裝飾，特別修改過的深藍色制服更襯的她身材修長窈窕，半分多餘的贅肉都沒有，全身都是乖巧的肉。

「有什麼新狀況嗎？」慕梨花蹲在籠前逗弄的一隻今天要出院的大黑貓。

「昨天入院了兩隻貓咪，一隻狗。牠們會在今天進行手術，待會病歷資料我會拿到手術室去。」嘴巴上回應著的蘇澄手裡也沒閒著，正努力刷著鐵籠進行清潔消毒。

「梨花，幫我看一下病歷號203的資料填寫完成了嗎？她今天要辦理出院手續，需要到書記那邊結算一下。」

「蘇澄，橘子早上的藥物給過了嗎？」慕梨花調整著一隻大橘貓的點滴問著。

「方醫師說她想調整一下藥，藥等她晚點來看過再決定給些什麼。點滴先維持原樣就好，保持暢通即可。」

「手術室那邊要跟我們借三個點滴架，我先推過去。」慕梨花左手一台，右手兩台堆著掛點滴用的鐵架走出住院部。

才一大早醫師助理就繁忙得比所有人都緊湊，別人能靜靜享受早餐的時光，蘇澄和慕梨花只能在忙前忙後中腳步絲毫沒機會停歇的情況下度過。

終於抽出空檔的時候，蘇澄拿著藥學筆記預習著大學的上課內容，慕梨花則是將自己的手擱在了某一隻親人大黑貓寬敞的背部擺拍。

宛如墨水般漆黑，又如綢緞般柔順的毛皮，襯得慕梨花那帶點櫻花瓣的粉色系指甲更加仙氣逼人。

當事貓皮草：「呼嚕嚕嚕嚕嚕嚕——」

見到慕梨花一口氣滿足自己又娛樂了貓咪，蘇澄只能給她八十二分，剩下的分數以666的方法加上去。

不得不說，這種拍照效果還真是一流！所有養貓的人都該試試這種環保皮草，既不殺生也不破壞環境，更不用說那塊皮草還挺開心舒適。

小小的安逸氣氛沒讓她們享受太久，突然院內廣播突然響起，一聽到廣播蘇澄停下了翻看筆記的動作，就連慕梨花都將手機鎖屏待機。

通常院內廣播會響起有幾種原因，第一種醫院即將要接受大量傷患請閒暇的獸醫師和醫師助理前往急診區協助，第二種是動物正在急救且人手不夠需要支援。

無論是哪一種，只要沒有指名道姓地找人，只要手裡工作不緊急的人員都會前往協助，這也算是艾奈盟的一個默契。

「請住院部的蘇澄醫師助理，前往門診103室。」

「請住院部的蘇澄醫師助理，前往門診103室。」

像是怕有人聽不清楚待找人的名字般，廣播大聲的指名道姓還指了工作崗位連續播報兩次。

慕梨花掏出手機繼續編輯自己未完成的貼文，「找妳的。」

被點名的一頭霧水的蘇澄只能扣出一個大問號。

她有什麼資料忘記拿給門診的醫師，還是有哪個家屬向門診醫師投訴自己嗎？

艾奈盟的門診區分為五個診間，由院內的獸醫師分別看診，雖然只是平日的白天但是等待開診的飼主已經把候診區給坐得滿滿滿，每個人手裡或懷裡無不抱著牽著自己心愛的小寶貝

叩叩——

「進來。」

嗯？

聽到那似乎在那裡聽過的低沉和好聽的聲音，蘇澄頓了頓。

診間裡頭是一張診療台，簡單的診療器具整齊擺放懸掛於牆上，一邊還貼心地放著一張木頭椅子，上面坐著一位白髮蒼蒼笑容和煦老太太。

「您好。」蘇澄笑著和似乎是飼主的老太太點頭問好。

看了一圈周圍，除了老太太外沒發現別人，她將目光稍稍往下移動這才看見一位身穿白袍的醫師正趴伏在地上，手在櫃子下努力伸長。

「徐江……徐醫師？」蘇澄看著趴在地上的徐江臨喊了一聲。

「別發呆，幫忙找。」徐江臨看到進來的人手還傻愣愣的站在原地，皺著眉說道。

「找筆嗎？我的先借你。」

蘇澄合理的推斷一個人趴在地上努力的撈著些什麼時，最有可能在找的東西除了筆之外還能是什麼呢？

下一秒徐江臨看到蘇澄居然從自己口袋拿出一枝筆要借他的模樣，忍著一口氣道：「……找貓。」

一進診間就把貓籠打開讓小貓咪四處亂竄亂飛的老太太原本也打算幫忙抓，只不過一彎下腰就發出唉呦唉呦的腰疼聲，為了避免診間出現意外事故，徐江臨只好將人請到了一邊的位置好生坐下。

笑彎眼的老太太：「小貓咪平時很乖的。」

「您稍等一下。」

蘇澄趴下去跟著徐江臨一起找的時候，看著對方揚起了一邊的眉頭。

「門診不是有門診的助理嗎？應該喊一聲就……」

「快找。」徐江臨很顯然不想在這方面多做討論，他現在只想把躥到櫃子底下死活不肯出來的小貓咪給逮出來。

「懂了。」

蘇澄的腦袋瓜兒小燈泡亮了亮。

也是啦！趴在地上抓小貓這種小事情被發現需要支援，確實是很有損神格的一件事情。

「我什麼都不會說出去的。」蘇澄很貼心的保證，要不是騰不出手，她肯定還會拍拍自己的胸口保證。

徐江臨：「……」

雖然他當初不知道為什麼，請求支援的時候第一時間腦中就閃過了蘇澄的臉，但是他現在只想把人趕出去。

最後兩人合力移開的櫃子，這才逮住了三隻沾滿灰塵，年紀約莫兩個月左右的小貓咪。

「幫我準備三套貓傳染病快篩試劑。」徐江臨看著小貓舞動的爪子，決定先來一套簡單的健康檢查。

「好。」

要是檢查結果都呈現陰性，讓老太太帶回去好吃好喝的供著幾天，就可以回來打預防針。

三隻小橘貓咪的檢查解果很快就出爐，皆是陰性，注意飲食營養均衡就不會有太大的問題。

「太好了呢！」蘇澄笑咪咪的將小貓裝籠，告知飼養事項後將老太太送離診間。

剛送走一個飼主，蘇澄想到住院部那還沒清洗完成的籠子，也準備抓緊時間告辭。

「沒事的話我也……」

「去哪？」徐江臨看著下一份病歷，頭抬都沒抬的說著：「還沒完呢！」

「啊？」

徐江臨看著蘇澄錯愕的臉，抬起頭揚揚唇笑彎了眼道：「我們不是熟透了嗎？」

「朋友互相幫忙是應該的吧！」徐江臨直接將林莉亞昨天的言詞發揮的淋漓盡致。

「呵呵，悟空你頑皮了。」壓根就是被莉亞給教壞了嘛！

嘴巴上調侃著的蘇澄被徐大醫師的眼刀一掃，立刻自覺的喊了下一組飼主，作為助理被壓榨的覺悟十分充足。

一推開門，蘇澄看著探進頭來的寵物思考了半晌。

大約身長一米左右，全身土黃色，有著一條黑色的紋路，頭上還有小角。那神奇生物還發出了一種似犬非犬的嗚咽聲，彷彿對診間有著一種既期待又怕受傷害的情緒。

「呃……山羌？」

「是約翰啊！大概又挑食不吃蔬菜水果，便祕了。」徐江臨聽到山羌這兩個字立刻就明白究竟是誰掛了自己的診。

看著自己臨時助理有些不知所措的側身讓位給飼主與羌進入，想著可能是沒見過會害怕的徐江臨提前安撫蘇澄的情緒。

「不咬人，別怕。」他柔聲道。

「不怕，我只是好想摸摸看。」蘇澄十分的坦白。

她好想知道摸起來是軟的還是硬的，那黑色的厚嘴唇還有帶點光澤的鼻子看起來真有吸引力！

「……可以。」

這下子徐江臨完全明白，自己壓根就不用擔心這臨時工的心理狀態，反而要擔心正在被上下其手的羌會不會有陰影。

瞧！連肚子都摸上捏上了。

「嗯？」按在約翰肚子上的蘇澄稍微加道力道又按了按。

本該是柔軟的肚子，現在有點膨脹，入手處有一條像是香腸般粗且靠近石頭硬度的條狀物。

要是她沒記錯的話這種情況應該是……便秘？

徐江臨接手診療將手裡資料交給蘇澄填寫後，也馬上就注意到了約翰肚子的異樣。

他無奈的笑著拍拍約翰的頭，「大便又太硬了？」

「平時都吃什麼。」這話是對飼主的詢問。

「炒麵。」

徐江臨：「……」

蘇澄：「……」

這飲食習慣該怎麼說，挺別緻的啊！

尤其在看到主人居然真的拿出約翰吃炒麵那啪嚓啪嚓大口吃麵的影片時，別的不說還真的吃得挺香的。

野外的山羌通常以細葉嫩芽、嫩草為主食或是一些富含纖維的水果，吃炒麵的飲食趨向還是蘇澄第一次聽到。

「我會開點促進消化和軟便的藥劑，回去多攝取些蔬菜水果，可以的話炒麵少吃一點。」

剛送約翰出診間，蘇澄還來不及喊下一位掛號的寵物與飼主進來，一位阿姨提著一籠喵喵叫的貓咪一個箭步就衝到了蘇澄的面前作勢就要進入診間。

要是她手裡不是提著一籠貓，那氣勢就像是要衝進去打劫一般。

「換我了嗎？」養著波斯貓的阿姨問著。

「請問您掛號號碼幾號？」

「13號。」

「現在看診到10號，還要請您在等等。」蘇澄十分有耐心的請人到旁邊等待，並示意下一位客人移駕診間。

「啥？」

編號十三的阿姨啥出了好大一聲驚嘆，然後身子一橫直接將編號十飼主阻擋在了後邊，大有種不讓她先進就誰都別想先進的意味在。

「你居然要我等！我之前都不用等的耶！你一個小小的助理搞清楚啊！」

「別的醫師都不敢讓我等，就只有你最有勇氣。」

也不和她做任何爭論，蘇澄就這麼看著阿姨撒潑，半步都不退讓。

這種仗著自己體積大聲音大就想嚇住別人的人她見多了，這時候就是一步都不能讓，不然下回說不定還要去艾奈盟的正門口恭請她看診呢！

而且現場人這麼多雙眼睛在看著，千萬不能開先例。

更何況裡頭坐的的可是板起臉能把人凍壞的艾奈盟第一冰山，這阿姨不用天天見，但說不定徐大醫師會天天感召她過來受凍。

「請您到旁邊等著。」

「我可是你們前前院長的朋友，陳院長妳認識嗎？」

無論對方說出自己的身後究竟跟哪一任院長有著什麼勾勾纏纏愛恨情仇，蘇澄都還是老話一句讓她等著，絕對不會有新的言語花招……除非憋不住。

「我可是貴賓耶！」阿姨挺著胸膛落下了這麼一句。

「就算是哈士奇也要等喔！噢……」蘇澄一時間沒忍住就直接將心中的話說了出來。

徐江臨：「……」

在裡頭等待許久的徐江臨原本打算看看什麼事情需要耽擱這麼久，怕自己新上任的臨時助理被哪個不好搞的傢伙纏住了，結果屁股才剛離開椅子就聽到了如此一番精彩的貴賓哈士奇說。

自己的話直接被曲解成別種形狀的阿姨只能用手指著蘇澄，被人看了大笑話的她紅著臉顫抖著身子半句話都說不出來。

蘇澄半點都不在意只是笑著對後頭捂著嘴努力忍笑的飼主道：「請進。」

「被投訴我可不管。」徐江臨斜了蘇澄一眼。

「我會說都是徐醫生讓我這麼說的。別想逃，我們可是熟透了呢！替好朋友分憂解難是理所當然的事呢！」蘇澄笑咪咪的豎起大拇指。

呵呵，悟空為師出事肯定不會落下你的！我們可是曾經一起經歷過九九八十一難的好夥伴，當年在佛祖前我還誇過你能幹呢！

門診與門診的間隔，原本看著病歷的徐江臨突然將手裡的病歷放到桌上，用手指輕輕點了點。

「櫃台把病歷給錯了，這是樓上診間的病歷。」

徐江臨指著的那份病歷的主治醫師欄，寫著的是內分泌專科醫師的名字。

「換一下。」

診間外，就算已經消耗了不少門診量，但是外頭等候的寵主組合依然不少，徐江臨在蘇澄走出診間時還不忘叮嚀讓她動作快一點。

拿著一份搞錯診間的病歷，蘇澄在不遠處的診間門口看到林莉亞正巧從診間走出來，她正要打招呼的時候莉亞率先出聲。

「許醫師。」

林莉亞多邁開了幾步，追上了前頭笑容和煦的許路年。

「什麼事情？」許路年稍微放慢腳步，讓林莉亞能更輕鬆的追上與自己並肩。

「107診需要你過去看一下，飼主態度不太友善，待會要稍微注意一下。」

「好，大約十五分鐘後過去。」許路年比了個ok的手勢。

通常當手上的診還一大推，遇上新工作難免會心煩氣躁，但是許路年半點失去耐心的感覺都沒有，說話依然用著最令人安心速度和語氣，臉上更是帶著溫和的笑意。

「我先去檢驗科一趟，待會見。」許路年揚了揚手裡的一疊檢驗資料，朝著樓上的檢驗科走去。

看到林莉亞和許路年的互動，原本還在想著什麼時候再來套一套好友的話，將她喜歡的對象套出來的蘇澄這一刻什麼都懂了。

蘇澄在林莉亞的眼中看到了一種不顧一切只想將某人進收眼底的執著，一種希望對方眼底也只有自己的期待。

她看著他的時候彷彿世界再也沒有其他人能打擾，漾開的笑容更是發自內心，濃烈的讓人沉醉。

要是感情能具體化，蘇澄將信自己一定能看見遍地的粉紅色花海。

莉亞，加油！

相信自己的選擇，將他拿下！

蘇澄在遠處偷偷地揮舞自己的小拳頭替好友打氣。

「院內廣播，請住院部的蘇澄醫師助理，前往門診103室。」

蘇澄：「……」

不遠處的林莉亞又聽到有人在找蘇澄，頭一回就看到某著小笨蛋正站在自己不遠處，不知道正在對抗著什麼一般捏著自己的小拳頭。

「找妳的。」林莉亞指了指樓下診間方向，「妳今天挺熱門啊？」

「呵呵。」她就不說究竟是哪隻頑皮的猴子害的。

「院內廣播，請住院部的蘇澄醫師助理，前往門診103室。」

「院內廣播，請住院部的蘇澄醫師助理，前往門診103室。」

這廣播是壞掉是不是，現在全醫院都知道有一個叫做蘇澄的醫師助理的存在！而且這助理還總愛亂跑，讓廣播一直像協尋走失兒童一般的重複找著。

不停被唱名的蘇澄現在只想找一個紙袋套住自己的臉，這樣待會她爆揍徐江臨一頓的時候才不會被認出來。

徐大醫師你這樣濫用廣播系統院長知道嗎？

「院內廣……」

啊！她跑起來還不行嗎！

還是乾脆待會她就直接在徐大醫師的診間入住，誰都趕不走的那種。

終於解決所有的門診，蘇澄能夠回到自己專屬的工作崗位時已經是大多數人都準備下班的時間。

今天還真是給好友鼎力相助的一天，看著微沉的太陽，蘇澄感慨著。

搭著夕陽走回工作崗位的蘇澄想到今日住院部只有慕梨花一個人擔當突然有一點愧疚，當她愧疚到一半時在住院部的門前剛好看見已經穿戴整齊，手環耳飾一個不落的往身上帶好的梨花正準備下班。

「抱歉，今天放妳一個人。」

「沒事，之後就交給妳善後囉！」慕梨花對著住院部的大門俏皮的擺拍，編輯照片時抽空看了蘇澄一眼。

和人分開後，走入住院部的蘇澄只看了一眼便無奈的搖頭。

不愧是梨花，說留給她善後就一點水都不放。

雖然的治療藥物都已給予完畢，但是吃食留下的空碗全都還在籠內沒有收拾，動物的底盤看上去也還未清潔消毒過。

「好，爭取兩個小時內搞定。」

拍拍自己的肩膀打氣著的蘇澄先是快速地巡視過一次，檢查有沒有住院狗狗貓咪的食物有過多剩餘的情形。

接著將所有的空碗回收到水槽準備清洗，點滴空瓶更換接上新的輸液，最後便是所有空籠的清潔消毒、底盤清洗還有病犬病貓的局部清潔。

唰啦——

蘇澄一口氣搬著兩個籠子底網時，換下醫師袍剩下裡頭深藍色制服的徐江臨推開住院部的門。

「徐醫師？」蘇澄看著來人有點疑惑，她記憶中住院中的動物沒有徐江臨負責的病歷。

「從哪開始？」

「剩下清潔。」

得到回應，徐江臨也不囉嗦直接將蘇澄扛著都顯得吃力的雙份底網輕鬆搬到水槽，刷子淋上清潔劑，打濕網底動手將上頭的污漬用泡沫溶解刷下。

「好熟練……」蘇澄看著徐江臨三兩下就把鐵網刷得白閃閃的技術忍不住讚賞了一句。

「我也是從助理做起的。」徐江臨回道：「獸醫師助理可以學到很多的事情，很多的細節觀察和習慣都要從助理開始培養。」

「別愣著，快動手。」見人還盯著自己猛瞧，徐江臨提醒著。

不久前他看到蘇澄愁眉苦臉地走出門診的時候，就猜到肯定是住院部的工作被耽擱一整天，才讓這顆橙子有機會皺成一團。

果真他下班後往住院部一瞧，就看見她一個人為了節省時間一口氣直接搬起兩個大底盤腳步不穩的就往水槽衝。

工作做不完就不會找他求救嗎？

徐江臨：「……」

當徐江臨發現自己居然在擔心蘇澄時，一種微妙的感覺讓他手裡的動作頓了一下。

「別發呆，趕緊！」看到徐江臨停下動作，抓緊機會的蘇澄終於有機會說上這麼一句。

「……」徐江臨給了那個突然得瑟起來的橙子一個眼刀。

心頭短暫的微妙過後，為什麼他現在覺得有點不爽？

「我去忙。」被眼刀刺中額頭的蘇澄馬上逃開。

蘇澄在徐江臨的協助下，成功將預計在極限操作下兩個小時才能完工的工作，壓縮到了一個小時便完成。

「謝啦！改天需要支援再叫我。」蘇澄滿意的拍拍徐江臨的肩。

不得不說她這徒兒還挺能幹的，當年在仙界不枉費自己誇他。

「用廣播？」徐江臨揚揚眉。

「……你不說我都忘記，我曾經發下毒誓要去投訴你濫用廣播這件事情。」蘇澄沒好氣的白了徐江臨一眼。

下班的時候，外頭的人可是連她的名牌都不用看就能輕鬆的跟她說：「蘇澄辛苦了、蘇澄住院部忙不忙、蘇澄……」

平常一間大醫院的病患家屬是能很輕鬆地喊出一位首次支援門診的助理的名字嗎？估計這下連院長都會知道她的名字啊！

看著眼前年輕女孩咬牙切齒的模樣，徐江臨的心情突然有些愉快，可沒等他舒心多久眼前的人突然看著自己悄悄地問。

「還是你是因為沒朋友，所以才只能找我支援？」

在蘇澄的認知裡頭，門診的支援中他不找其他人偏偏要找住院部的自己還狂喊猛喊的，肯定是因為平常為人處事太冷漠沒朋友。

蘇澄給自己明察秋毫的眼神點讚！

「放心，我懂。」

徐江臨：「……」

妳又懂了什麼了？

將住院動物的水碗全都滿上，兩人這才換上便服離開艾奈盟和蘇澄一前一後離開醫院的時候，徐江臨看著蘇澄那已經有了些飛毛的馬尾，再想到臨走前她一個個和住院貓狗打招呼說再見的神情，不禁勾了勾嘴角，其實還挺可愛的。

他的唇角一勾，蘇澄正好也看了過來。

「……你又在打什麼壞主意？」蘇澄眯起眼看著他那許久不見上翹的唇角。

上回看到徐冰山勾唇角，還是在她被廣播傳喚，小腿子在醫院狂奔的時候。就看見這人靠在椅子上靜靜的看著病歷，旁邊擺著一杯熱咖啡儼然一副歲月靜好，就差有人給他捏肩揉腿的模樣。

蘇澄記得很清楚，他的唇就是在那時候勾起來的！

徐江臨默默的將眼神從那腦洞特大的橙子臉上移開，連個省略符號都懶得給她。

身為人類不要和一顆橙子一般見識，不然遲早會氣死自己。

「小橙子！徐江臨！」

剛走出醫院，正巧下班的林莉亞揮手和兩人打招呼。

「這麼巧你們也這時候下班，要不要一起去喝……」

林莉亞的話還沒說完，她的頭馬上被從後頭湊上來的許路年用指節輕敲了兩下。

「頭不痛了？」許路年無奈的皺眉問著。

「頭不暈了？」許路年接著第二問，然後還有第三問：「不想死了？」

喔，找到了！頭好疼、頭好暈、好想死厭世三連發的受害者。

對此蘇橙只能無奈地搖頭。

每當許路年講一句，林莉亞那傲嬌的小腦袋瓜就會往旁邊撇開一點，要不是頭不能轉圈，這會估計都會直接轉起來。

「昨天不是才喝得自己腦子要爆炸？」許路年看著一下班又要揪人去喝一杯的林莉亞嘆口氣。

「因為、因為……」

「因為有一棵甘蔗攔腰隔斷，死翹翹了很可憐？」許路年將林莉亞後頭的話說完。

昨天死了甘蔗的蘇橙：「……」

跟不上對話進度，還在釐清甘蔗是哪來的徐江臨：「……」

「不然就當作慶祝蘇澄考上醫學院？」林莉亞眨眨眼試圖尋找破口。

「考上醫學院？」許路年和徐江臨兩人頭時轉過來。

「夜間部的獸醫學系。」

被好友用著彷彿下一刻就能成為獨當一面的主治醫師般，自豪口吻介紹的蘇澄不好意思的嘿嘿兩聲。

「恭喜你即將踏入最險峻的工作環境，面對最詭異的病患家屬、最兇暴的大型犬還有能在天空飛的貓咪。」許路年豎起了拇指，彷彿在為了有人能跟他一同受苦受難打從心底的感到欣慰，語末還補了一句：「好好活著不好嗎？」

「……」還真是謝謝你的祝福，許醫師。

啪啪啪！

在許路年說出心聲的同時，徐江臨用鼓掌歡迎蘇澄這個未來夥伴。

悟空，你不覺得你拍手的時機錯了嗎？蘇澄沒好氣的瞪了不知道拍手是為了嘲諷還是恭喜的徐江臨一眼。

受到這兩位獸醫師前輩的鼓勵，蘇橙很認真思考現在開始逃不知道來得及嗎……

「所以就讓我們為了慶祝，去痛快地喝——」

「不准喝。」許路年看著依然沒有放棄喝一杯，想把自己頭再次搞爆炸的林莉亞扯扯嘴角。

「那為了慶祝小橙子考上夢想中的獸醫師，我們一起去雙洋海洋樂園玩？」

打從下午認定林莉亞喜歡的人極高機率就是許路年後，蘇澄不用多花精神注意便能發現她問完話後便有點緊張的看著正轉過頭問好友去不去的許路年。

「周末你也排休吧？」

「嗯。」

「去嗎？」

許路年對著友人這麼一問，林莉亞也裝作不經意的把目光投向了徐江臨。

被兩道炙熱的目光注視著，徐江臨覺得有點詭異。

這兩人發生什麼事情嗎？為什麼搞的好像要經過他同意才能去一般……

林莉亞就算了，許路年你都已經多大一個人了，出門還要攜伴？

「我周末……」

向來不愛去什麼樂園玩，也不喜歡人擠人的徐江臨正打算找個理由回絕時，他頭一低卻看到了蘇澄的手輕輕地扯著自己的衣襬。

看到那白皙手背上還帶著淡粉色貓抓痕的手，徐江臨改口：「我周末有時間。」

「好耶！」得到林莉亞立刻開心的像小女孩一般跳躍了一下，然後她提議：「那就讓我們提前喝……」

「八戒，別鬧。」許路年笑咪咪的出手狠狠敲了下去，敲得人原本不痛的頭又重新痛起來。

許路年，你跟這顆橙子同一個派系嗎？師承吳承恩……

聽到熟悉的西遊記名稱，突然想到自己也曾被某人喊過悟空的徐江臨瞪了不知道在樂什麼，看著快打在一起的兩人傻笑的蘇澄一眼。

被瞪著莫名其妙的蘇澄只能打出一個大大的問號。

這傢伙什麼毛病？心中的小貓咪說炸毛就炸毛……

第三章　如同企鵝學飛

位於A市郊區有一座世界級的海洋樂園，裡頭概括各式各樣的海洋生物，從企鵝、北極熊甚至深海才會出現的鯨魚，該樂園全都擁有。

樂園更有著陸地區域，裡頭飼養著各種各樣的大型陸地動物、可供人觸摸玩賞的小動物區，更有著令人刺激心跳不已的遊樂設施。

如果運氣好的時候，甚至還能趕上遊行時間，看著可愛的企鵝排成一排搖搖擺擺地走在大街上。

更可以參加各種海洋生物的互動活動，觀賞豚鯨所帶來的表演。

「哇！媽媽，我要去玩那個！」

「好大！我們來去看鯨魚。」

「呀啊——親愛的，剛剛那隻海豚朝我潑水，你有看到嗎？」

熱鬧的樂園裡頭，此起彼落著愉快分享經歷的人們，歡快的笑聲驚呼聲從不間斷，各種各樣的飄浮氣球更是到處都可以看見，掛滿彩帶的天空讓整個樂園更加充滿生氣。

「人真多……」身穿襯衫牛仔褲揹著輕便背包，頭上扣著一頂鴨舌帽的徐江臨看著攜家帶眷出遊的人口開始有點後悔答應邀約。

「人多才好玩。」

穿著襯衫和背心搭配出一身原宿風格的許路年拍拍好友的背。

一頭波浪捲髮的林莉亞則是穿著短版襯衫、淺色短褲將一雙大長腿給露在外頭。

蘇澄站在前方看著兩個俊男搭配美女的畫面，拿起手機抓拍了一張。

徐江臨看著站在四步外穿著乾淨清爽襯衫長褲，似乎正在偷拍的蘇澄揚眉，「你站這麼遠做什麼？」

「我怕破壞畫面。」蘇澄十分誠實。

她怕她這隻醜小鴨往那三人中間一站，會突然拉低全體的顏值水平。

徐江臨也很乾脆，他走上前一把揪住試圖逃跑的蘇澄的後背包，直接將人往隊伍裡拖過去。

「你再醜我們也不會嫌棄你的。」徐江臨十分大度的表示。

「你才醜，你全家就你最醜。」蘇澄馬上張牙舞爪的反擊。

醜小鴨也會變天鵝的！到時候見你一次啄你一次！

園區的第一大區是採用半開放式空間的牧場形式，將不同種類的可愛小動物分成幾大區，然後在區域內放任小動物自由活動，遊客可以進入圍欄內和其零距離互動。

這個園區自從開辦以來就十分受到小朋友的歡迎，而大人則是大多對於這些軟綿綿的小兔子、天竺鼠等等較無興趣……？

起初蘇澄也是猜測他們應該會用著最快最高冷的態度經過這所謂的可愛動物園區，只是沒想到有三個犯病的傢伙。

「皮毛富有光澤，不過觸摸肋骨的地方有些偏瘦。」徐江臨摸了第一支黑白相間的天竺鼠後，就沒再放開過，開始從鼠頭摸到鼠尾，還擬定了一套基本健康指南。

許路年甚至連名字都取上了。

「小天天是不是挑食？你看你其他夥伴都胖嘟嘟的，只有你肋骨一根根。」

「這隻兔子的牙長得挺好，沒有過長現象。」林莉亞更是直接翻開兔子的嘴唇查看，半點矜持都沒有，嚇的兔子蹬腿就想逃開。

「路年你看，這兔子的耳朵有點皮屑。」林莉亞在一群兔子群中逮住了一隻耳朵稍微脫毛的大白兔。

「摸起來有些粗糙，看看身體其他地方有沒有。」徐江臨也加入診治行列。

「四肢也有脫毛，初步評估可能是黴菌感染。」許路年摸著兔子突然有些悔恨，「好想用玻片刮一點組織採樣，送到檢驗科檢查。」

「結果應該就是黴菌沒錯，吃點口服藥就能改善。」

「這隻兔子的屁股有些軟糞便黏在毛上，也有點瘦。」林莉亞一蹲一站又逮住了另一隻花兔。

「好想沾一點糞便，送到檢驗科看看有沒有寄生蟲感染。」許路年扼腕。

「如果是寄生蟲的話，全部兔子就算沒有症狀也要給予預防性投藥。」徐江臨邊說邊環顧周圍，並在自己腦中計算出一套治療計畫。

蘇澄發現那三人開始被其他遊客用詭異的目光打量，還逐漸孤立出了一個圓形空曠地帶，終於忍不住出聲。

「你們幾個夠了……給我離小動物遠一點！」

將三人連拉帶唸拖離可愛動物區，蘇澄直接把還想到其他小動物接觸區的三人給塞進了有重重圍欄圍著的兇猛動物區。

「抱歉，職業病。」許路年一臉尷尬地抓抓頭髮。

這個蘇澄倒是能懂，別人摸寵物都是從頭到背部順摸，而他們這群人肯定會翻翻眼皮、看看牙齒、再翻翻毛皮有沒有脫毛或是寄生蟲。

「你們看那隻獅子的前腳，不知道血管好不好抽？」林莉亞將目光盯在了老虎強壯的前臂上。

「這麼粗的一條血管，應該很容易上針。」許路年評估。

「如果麻醉量按照公斤數來算的話，不知道要多少才會倒。」最後徐江臨也加入戰場。

「成年雄獅子體重大約落在兩百公斤多。」許路年拿出手機查了一下資訊。

原本想說點什麼的蘇澄想了想後決定誠懇的提醒一句：「住院部的鐵籠大概關不下。」

世風日下，連她這麼一個純潔的靈魂都被拐著跑偏了話題。

雙洋樂園除了動物之外它的硬體遊樂設施也十分出色，左手邊是以長度和高度聞名的雲霄飛車，右邊是瀑布飛車可以體驗水與速度的激情。

「你們對哪一個有興趣？」對於全部都很有興趣的林莉亞眼睛閃爍著興奮的光芒。

「選個排隊人少的。」徐江臨指了指正中間相較於雲霄飛車和瀑布飛車排隊人相對較少的驚叫屋。

一聽到徐江臨居然選了個最黑最可怕的玩意兒，蘇澄和許路年兩人的頭搖得跟波浪鼓似的。

徐江臨和林莉亞對視了眼之後，由林莉亞笑出一口白牙果斷決定，「就玩這個。」

「你們就不能做個人嗎！」兩個膽小鬼同時哀號出聲。

沒讓四人在太陽曝曬下排隊太久，四人一隊進入探索式的鬼屋後，迎面而來的是透心涼的涼風，還有低沉鬼氣森森的開場介紹。

雨水敲打在地面的嘩啦聲響也適時地響起——

「狂風暴雨的颱風夜晚你們幾人闖進了一家廢棄的工廠中，穿著濕透衣服的你們來到了員工休息室翻找著可以替換的舊衣服。」

「但是牆上的綿延不絕的血手印，你們沒有半個人發現。」

「任務：請在三分鐘內找到員工舊制服，利用制服上的員工編碼解開上鎖的更衣室密碼。」

仔細聆聽故事的林莉亞點評：「有點俗套，但是挺有趣的。」

「我也覺得挺有趣的。」

徐江臨和林莉亞看著負責提升有趣程度的蘇澄和許路年兩人。

「這裡的血手印我們已經發現了，跟廣播說的不一樣啊！」蘇澄和許路年兩人一同絕望地看著牆上滿佈掙扎痕跡的血手印。

「你們不找找看員工編碼嗎？」林莉亞笑咪咪的提示。

「待會有東西跳出來怎麼辦！」蘇澄拒絕去打開任何一個布滿鏽斑的鐵櫃。

「徐江臨會保護你。」

「我不會。」徐江臨毫不猶豫地否決林莉亞的說法。

咿咿呀——

徐江臨隨手拉開一個鐵櫃，裡頭摔出了一大摞的掃把拖把發出框啷的聲響，這聲響立刻碰斷某兩個人的理智線。

「啊！」許路年一把揪住了徐江臨的手臂。

「……放手。」

「只是拖把只是拖把，蘇澄你很勇敢，不要害怕拖把！」某顆小橙子在旁邊給自己精神鼓勵。

「哈哈哈哈哈。」林莉亞笑得十分愉快。

花了一分半的時間，他們終於找到了有著密碼的員工制服，前往下一個隔間。

廣播配合著鐵門被轟然關上的巨響，繼續說著這廢棄工廠的小故事，「離開了被反鎖的門，一推開門撲鼻而來的腐臭味道讓你們忍不住皺眉。」

「環境十分黑暗，只有昏黃的燈一閃一閃的免強能夠辨路。」

「轉過頭左右看一看，你們找到了腐臭的來源，原來左右兩側的鐵籠都鏈著死去多時的工廠員工，他們衣著破爛且沾滿著鮮血，顯然以前遭受過許多不人道的折磨和實驗。」

「經過實驗改造的他們，現在已經不能算得上人類……」

「許久不曾見到的新鮮肉體，讓他們體內潛藏的基因開始蠢蠢欲動。」

框啷框啷！

原本一動也不動靠在一旁扮演屍體的人突然掙扎了起來，讓鐵鍊發出刺耳的撞擊聲。

「活過來了。」

「嗯，活了。」

這兩個感嘆句是徐江臨和林莉亞這兩個沒事人似兒的棒讀。

「活過來了！」這聲驚呼是另外兩個不管發生啥事都能慘嚎個兩聲的驚嘆句。

帶點懸疑嗓音的廣播趁這個時候發布這個房間的任務，「廠長將鑰匙不小心遺落在了某個牢房中，請你們將鑰匙找出。」

「廠長不要亂丟東西啊！」蘇澄和許路年一同指責著廠長的不小心。

咿呀——

原本緊閉的六間牢房，隨著廣播的落下不約而同地輕輕朝外敞開，發出磨人的鐵鏽摩擦聲。

「六間房間，分開找？」

林莉亞話說完的同時，突然有一間房間的詐屍員工扮演者衝向鐵欄杆，不停地朝外伸出手試圖抓撓闖入者。

「啊啊啊啊！」

「啊啊啊啊啊！」

徐江臨：「……放手！許路年！」

蘇澄就算了，你一個大男人撲上來抱緊我，臉都快跟我貼在一起是怎麼回事？左抓一個蘇澄，右抱一個許路年的徐江臨一臉黑氣，用手推著許路年的臉。

「哈哈哈哈哈哈——」林莉亞依然笑得很快樂。

「許路年，你三歲啊！」徐江臨咬牙將人從自己身上剝下來。

之後經歷在活蹦亂跳的屍體中尋找鑰匙、漆黑的食堂和臉上布滿縫線的廚房大媽玩猜謎、還有最終大魔王廠長的追殺，四人終於順利抵達出口，見到太陽。

「差一點就死在裡頭。」許路年一臉他終於置死地而後生的表情。

「我以後再也不會大雨天跑出門玩，還躲在一間廢棄工廠。」蘇澄整個人彷彿蒼老了一般用手遮擋著刺眼的太陽，入戲極深的她感慨著，「只有我活下來了嗎？太陽好久不見……」

身上的衣服快被抓皺成一塊破布的徐江臨現在只想回家，跟這兩個人相處實在太費事了。

「再來我們玩瀑布飛車？」林莉亞精神爽朗地問著。

「殺了我。」許路年直接求死。

最後拗不過興致勃勃的林莉亞，將遊樂設施玩過一輪的許路年的魂魄都從嘴裡吐了出來。

獲得顧包包這好差事，沒跟著上去衝鋒陷陣旋轉下墜感受離心力還有地心引力的蘇澄連忙提議：「去海洋區繞繞？」

「走！」許路年馬上將飛出來的魂魄收好，快步往安全區移動。

他這小小的心臟，已經不能再去承受任何會讓它驟停的刺激了。

海洋區涼快的空調吹拂著每一個被大太陽曬得渾身燥熱的顧客，灰暗的燈光讓長型的大型玻璃櫥窗中那輕盈飄游的水母夢幻無比。

「曾經我有想過要到海洋館工作，擔任裡頭的獸醫師。」許路年看著藍紫色的水母，忍不住伸出手輕輕隔著玻璃觸碰，「我當初應聘艾奈盟獸醫師職缺的時候，同時也應聘了雙洋獸醫師的職缺。」。

「那為什麼最後選了艾奈盟？」林莉亞問著。

聽到這個問題，許路年側頭看了一眼林莉亞接著俏皮地眨眨眼，「不告訴妳。」

「白龍馬你欠收拾啊？」

在後頭看著的徐江臨聽到西遊記再度被發揚光大時，腦子直接跟上頻率的浮出了一個想法。

就差悟淨他們就能去取經了……

「我以後能夠獨當一面的時候，要開一家動物醫院。」將許路年的頭搞成鳥窩後，林莉亞靠在欄杆旁看著輕飄飄的水母握了握拳。

「嗯，莉亞你一定可以的。」許路年輕聲的應著。

兩人的肩膀雖然還隔著一個指頭的距離，但是彼此卻能感受到從對方身上散發出來的暖意，在水母玻璃前昏暗的燈光映照下，空氣好似有些黏稠的讓兩人緩緩地各往旁邊移了一步才得以呼吸順暢。

沒有去打擾前頭正在產生神祕化學作用，享受著只有他倆人世界的氛圍，蘇澄輕聲的問著站在一旁仰頭看著頭頂游來游去的白色大水母的徐江臨。

「你呢？」

「什麼？」徐江臨偏過頭看著用手指嘗試觸摸玻璃後的粉紅水母的蘇澄。

「為什麼要當獸醫師？」

「當初和人做了約定。」徐江臨想到當年那個炎熱到能在空氣中看見熱浪的夏天勾了勾唇，「約定要一起成為獸醫師，誰都不准逃。」

噹噹噹——

廣播聲的突然插入，劃破的水母館的寧靜，打散了所有還來不及醞釀出更多的化學反應便又消退得無影無蹤的心跳躍動。

「接下來便是眾所矚目的雙洋河馬餵食秀！想不想知道河馬的大嘴巴裡頭有多少顆牙呢？大朋友小朋友快來河馬區集合，看看張大嘴巴的河馬能不能一口氣吞下一顆大西瓜！」

「好想看牠用跟咬破人類頭顱一樣輕鬆的力道咬破一顆西瓜。」林莉亞饒富興致的聽著廣播，抬腳就要往河馬區移動，「走吧來去看破頭……西瓜，好想知道嘴裡有幾顆牙齒啊！」

蘇澄很確定剛剛莉亞想看的東西絕對不是西瓜和牙齒這麼簡單的玩意兒。

噹噹噹——

緊接著第二次的廣播馬上又來，「大朋友小朋友注意了！雙洋樂園的明星團體即將要近距離和大家接觸！想看看小企鵝們搖擺走路嗎？想知道看看企鵝張開雙翅學飛嗎？那就快來企鵝步道集合，企鵝遊行隊伍要來了！」

「企鵝會飛！」蘇澄光是想像那個畫面一雙眼睛馬上變得雪亮。

「並不會。」徐江臨非常確定企鵝飛不起來。

「時間重疊了，妳們要去看哪個？」許路年問著兩個興致高昂的女伴。

「河馬破西瓜。」

「企鵝學飛！」

蘇澄和林莉亞兩人同時說出了不同地點，接著兩人抿唇對看著，內心很是糾結究竟要不要放棄自己的喜好。

就在蘇澄要忍痛放棄見證企鵝飛起來的奇蹟時，徐江臨開口分配：「許路年你跟莉亞去看河馬，我跟蘇澄去看企鵝。」

「沒意外的話，表演時間結束就各自散場。時間也差不多了，明天還得上班。」十分俐落的徐江臨一口氣就將後頭的行程全數分配完畢，然後對蘇澄招招手便帶著人往企鵝步道走去。

「可以，明天見。妳也等等我……」許路年快步追著早就關不住想看河馬吞食的心，朝著河馬區飛奔而去的林莉亞。

通往企鵝步道的地方慢慢累積起人潮，四處多的是將小孩高高背起的大人、成群結隊的好友群、勾手擁抱的情侶，還有更多的是橫衝直撞的小孩和用力推擠想要走到更前頭的年輕人。

「進來點。」

徐江臨手一撈便搭著蘇澄的肩膀，將人往自己的身體旁邊帶了帶，避開了推擠的人潮。下意識將滿心雀躍的蘇澄往自己身旁一靠，那種屬於她清甜好聞的味道淡淡的散發出來，徐江臨這時候才意識到兩人好像靠得太緊了一點。

徐江臨正要稍微鬆手時，後頭在人群中鑽著的熊孩子，突然開啟了見人就推的狂妄模式，他們也伸手推了蘇澄一把。

注意力一直放在不知道會從哪裡出來的企鵝隊伍上頭的蘇澄，對於推擠半點防備都沒有，不過想像中被推的失去平衡感跌趴在人群裡的事情沒有發生。

站在她旁邊的護花使者很輕鬆地就將她護在了他的保護圈內，讓蘇澄一頭就撞在了那寬闊平坦的胸口上，直接被人給擁在了懷裡。

徐江臨看人直接被按在自己的懷中，一瞬間也是有些尷尬，他正打算說點什麼來緩解氣氛時，就見從自己懷中仰起臉的女孩露齒一笑。

「你也喜歡企鵝嗎？」

蘇澄的想法很簡單，要不是徐江臨也喜歡企鵝剛剛肯定就扔下自己跑去看河馬破西瓜了，那種汁水四濺的感覺要不是比較對象是會飛的企鵝，她也想去看。

看著被企鵝館外的太陽曬得有些微紅，雙眼還閃閃發光的臉，其實比較想待在家裡好好睡一覺的徐江臨還是嗯了聲，給予肯定的答覆。

「嘿嘿，不知道企鵝能飛多高。」像個沒事人一般的推開徐江臨的懷抱，蘇澄踮起腳想看看那群企鵝飛出來沒。

「……企鵝不會飛。」徐江臨現在很想把那誤人子弟的廣播負責人拖出來好好上課。

事實上表面看起來淡定找企鵝的蘇澄內心早就亂成了一團，一群野生的鹿不停的奔騰著要破籠而出。

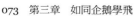

我靠！剛剛那是什麼情況？

屬於徐江臨那種乾淨清爽的氣味沾在了自己的衣服上，再搭配上手中那軟硬適中的胸膛、腹部溫暖手感……轟——蘇澄覺得企鵝館的冷氣實在是弱了點。
矜持，蘇澄！不過就是結實了點而已！
沒給蘇澄太多專注時間在剛剛發生的事情上面，隨著一聲聲的驚呼聲，玻璃大牆後頭的冰山造景走出了一隻隻搖搖擺擺的企鵝。
「企鵝來了！」
蘇澄的目光直接被吸引過去，跟著周邊的遊客一同觀賞著嘎嘎直叫的黑白色企鵝。
「徐江臨，你看他們吃魚。」蘇澄馬上就把剛剛發生的插曲拋諸腦後，伸手拽住徐江臨的袖子就是一陣搖晃。
圍著飼養員爭搶要吃魚的企鵝一個個都伸長著脖子，等待投食的模樣讓蘇澄想到了好像燕子媽媽在餵小燕子的放大版本。
尤其是牠們排成一整排歪歪斜斜的走路，一不小心還會咚的掉到水池裡的模樣，更是讓遊客看著發出輕笑聲。
嗶嗶！
飼養員輕輕吹著哨子，讓企鵝在微高的石頭上一個接著一個咚的跳入水裡，在空中張開雙翅的模樣就好像飛起來了一般。
「你有看到嗎？」蘇澄轉過頭招呼了徐江臨，手還指著跟下水餃似不間斷跳入水裡的企鵝。

「嗯？」為了要在人群中聽清楚蘇澄要跟自己說什麼，他稍微低下身子將耳朵附了過去。

「剛剛企鵝飛起來了，我都看見了！」

說完蘇澄又喜孜孜地轉過頭繼續看著企鵝和飼養員的活動。

徐江臨：「……」

都說企鵝不會飛，妳獸醫學系的入取資格是用雞腿換的嗎？

看到蘇澄像個孩子看到新玩意似的眼睛閃閃發光，為了看得更多更清楚還不停將腳墊高的模樣，徐江臨不自主地露出一抹連他都沒發覺的溫柔笑容。

「啊！看起來凶巴巴的大哥哥笑了！」

一旁的胖小孩指著徐江臨發出了驚呼聲，好像看到什麼稀罕的場面一樣。

哪裡有兇巴巴的大哥哥？

蘇澄一聽到聲音轉過頭一瞅，馬上和徐江臨那萬年不化的冰山臉對上視線。

「噢……」

現在她知道兇巴巴的是誰了，這傢伙一定是看著企鵝可愛的模樣笑了對吧！

果然企鵝具有魔力，連冰山都能化。

「企鵝比河馬可愛對吧！」蘇澄笑咪咪的說了一句：「瞧你都笑了。」

「……我沒笑。」徐江臨一個眼刀將剛剛指著他說他笑了小孩給瞪的瑟瑟發抖，「我是看那兩人相處氣氛很怪，才讓他們好好獨處。」

「徐江臨，發現別人氣氛很怪還特別給予獨處的機會，你這操作也是很騷啊……」正常不都趕緊把兩人分開，然後分別了解一下是發生什麼事情嗎？

不愧是徐江臨，學霸加上艾奈盟顏值界的第一把交椅的想法她不懂。

企鵝的互動秀維持了將近三十分鐘，大批的人潮向外走的時候，蘇澄和徐江臨為了避免人擠人的情況發生，特別留到了最後。

「走吧！」

「嗯。」

「嗯！」

第三個回應的哼聲讓徐江臨和蘇澄腳下一頓，接著同時看向多出來的那個聲音。

剛剛指著徐江臨還被冷眼恐嚇的小胖子孤零零地站在原地，好像一隻被拋棄的小奶狗一般有些慌張地東張西望著。

「小弟弟你的家人呢？」蘇澄問著。

小弟弟頭搖得跟波浪鼓似的，「剛剛不見了，可能是走丟了。」

怎麼看走丟的都比較像你……

蘇澄左右看了看現場的遊客也沒有人像是在找小孩的樣子，她嘆了口氣後決定，「先帶你到服務處，你的爸爸媽媽很可能已經在那裡找你。」

小胖子聽到後用力的點點頭，接著伸出他還有著小肉旋的手討牽，「我是陳光量，大姊姊要帶我過去嗎？」

陳光量一眼就看出來要不是有那個大姊姊在，那個大哥哥看上去會轉頭就走，把自己跟企鵝扔在一起。

所以將姊姊和自己綁在同一艘船上最安全。

陳光量的猜測不得不說還是挺準的，要不是因為蘇澄，徐江臨肯定不會多看他幾眼，頂多指個服務台的位置讓人自己過去。

不過當徐江臨看見那小鬼居然主動把手往蘇澄那邊湊，而蘇澄還順勢要牽起來的時候，一股莫名的不悅感讓他直接伸出手緊緊地把小胖手握在手裡。

陳光量：「……」

為啥他總覺得自己被這面無表情的大人盯上了？手還被握的死緊死緊的。

蘇澄在後頭看著徐江臨牽著孩子快步往前走的氣勢，忍不住開口：「看上去真像急著要牽胖兒子去跟親戚炫耀的好爸爸。」

聽到這莫名有畫面感的形容，徐江臨的臉皮不爭氣的抽了抽。

這又是什麼形容？

他現在十分後悔剛剛居然沒有跟去看河馬破西瓜，自己就不應該心軟陪著來看什麼企鵝學飛。

「……臭小鬼。」等著蘇澄買東西回來的徐江臨靠在一旁的扶手上嗤了一聲。

剛剛用著廣播順利的找到了小胖孩的家長，結果那小子居然跟蘇澄要了一個離別的擁抱，硬是要抱一下拯救自己的大姊姊才肯走。

抱就抱，那小鬼最後的眼神是在對他挑釁嗎？

一種我能抱你不能抱的驕傲表情……嘖，誰稀罕！

徐江臨還在跟小朋友過不去的時候，一瓶還帶著水珠子的運動飲料遞到自己眼前。

「請你喝，謝禮。」蘇澄替徐江臨轉開瓶蓋，將飲料往人的手裡一塞。

「謝什麼？」徐江臨揚揚眉。

「上回幫忙我整理住院部，幫了大忙呢！」

「你不也幫忙我門診。」徐江臨喝了口冰涼的運動飲料，覺得暑氣舒緩了大半。

「不一樣。」蘇澄搖搖頭點出不同的地方，「作為醫師助理聽從醫師的吩咐協助診療是我份內的工作，但是你來幫忙我打掃環境就屬於……屬於發自內心向善。」

為什麼他會被說得像是做了一件功德一樣……

原本要說點什麼嘴嘴蘇澄的徐江臨，他在看到蘇澄手腕內側那三條長長的貓抓痕時，將原本要說出口的話改為，「下次沒人幫忙一樣可以喊我。」

那個傷口很新，估計是這一兩天才被貓撓到的。

仔細看看她的手上不少深淺交錯的刮痕，估計都是到艾奈盟工作後才整出來的。

「這很快就會好了。」蘇澄順著徐江臨的目光看到了自己手腕上的新傷口，她有些不好意思地用另一隻手擋了一下。

「會留疤的。」徐江臨嘆了口氣。

貓抓的傷口通常細且深，這種類型的傷痕在手上大多都會留下疤痕，在別人雙手白淨細嫩的時候，她的手卻有著不少深深淺淺交錯的印子。

「時間久了，會變淡的。」蘇澄聳了下肩膀。

又喝了口冰飲，徐江臨看著一旁緩慢旋轉著，發出輕快音樂和孩童歡笑聲的旋轉木馬問道：「你為什麼想當獸醫師？」

蘇澄抓抓自己的後腦杓，笑得有點傻，「雖然不清楚了，不過我記得那時候有一個這麼高的男孩。」

蘇澄比了比自己膝蓋的位置，「那時候我和他在鯨魚館裡頭相遇，他哭的一把鼻涕一把眼淚，哭得很慘。」

「他哭著說鯨魚要死掉了。」

徐江臨聽著這段明明應該要很熟悉，但是他聽在耳裡卻完全陌生的故事抽抽嘴角。

這傢伙還真的是記錯了部分故事……大部分！

也不能怪她，那時候她很小很小，大概真的就只有現在膝蓋的高度，綁著兩個丸子頭，一張小臉肉嘟嘟的，然後哭的一把鼻涕一把眼淚糊了滿臉。

那是一個炎熱的能用肉眼看見熱浪的夏天，家裡大人為了節省冷氣費帶著他到水族館玩耍。

徐江臨靠在大型的玻璃水缸面前，覺得渺小的自己彷彿才是被關玻璃裡頭的動物。

一隻體型巨大的鯨魚緩緩游了過來，它的出現帶動了現場所有遊客的驚呼。

陽光透著海水波光粼粼，在昏暗的鯨魚館透著玻璃折射出宛如彩虹般的長條光影，鯨魚游到他面前的時候長鳴了一聲。

「嗚嗚嗚嗚——」

悠長的長鳴劃破的海底的寧靜，被驚擾的魚群快速的游動。

聽著鯨魚的傾訴，所有遊客都露出興奮的笑容，除了徐江臨還有一個矮了他很多，年紀看上去也小他很多的一個女孩。

那女孩哭了。

晶瑩的淚珠在她的眼眶快速堆積，接著啪搭地落在地板上，碎成一塊塊。

那女孩不停地抹著眼淚，但卻怎麼也止不住，像是傷心至極一般，那張粉俏的小臉馬上就濕的一塌糊塗。

全程目睹的徐江臨由於太過錯愕怎會有人突然就哭起來，導致看人看得入神，一不小心就和那雙桃子眼四目對上。

「……還好嗎？」有些尷尬之餘他拿了包面紙遞給小女孩。

「鯨魚、鯨魚……嗝——」女孩哭的都打起了嗝，但她仍抽噎著把話說完，「鯨魚說她就要死掉了。」

或許別人都聽不出來，但是徐江臨和那女孩卻聽明白了，水族館的鯨魚莫納說自己的壽命就要到了終點。

「怎麼辦？」女孩的手緊緊揪著徐江臨，像是想從那小小一片的衣襬得到安全感。

怎麼辦啊……這還是一個難題，對於他或是她來說一點忙都幫不上。

徐江臨看著她那隨時都會繼續大爆哭的臉，蹲下身和她平視，用著和緩的語氣道：「等妳長大了，成為有用的大人就能幫到更多像莫納這樣的動物。」

「什麼是有用的大人？」小女孩仍一抽一抽的問著。

想了一會徐江臨回答：「有一種職業叫做獸醫師，他們可以幫助很多動物。」

「那蘇澄我要成為獸醫師！」小女孩蘇澄用力地吸了一把鼻涕，再用袖子抹了把眼淚，她不哭了，她以後要成為有用的大人。

「那大哥哥也會變成獸醫師，跟我一起救很多很多動物嗎？」

看著她徐江臨隨口應著，「嗯。」

和蘇澄分開前，那個小姑娘很認真的伸出小指跟徐江臨約定。

「如果大哥哥先成了厲害的獸醫師，一定要等等我，我很快就會追上去。」

「好，我等妳。」徐江臨將小指勾了上去，兩隻手輕輕地晃了晃。

原本只是徐江臨隨口敷衍的話，因為這一勾指讓約定變得有份量。

現在徐江臨覺得那時候的蘇澄就像是想學飛的企鵝一般，明知道不可能但還竭盡全力想去嘗試，雖然很笨拙但卻讓人移不開目光。

讓人想好好看看她真正展翅飛起來的那天會是什麼個模樣。

「想起來那天的天氣和今天一樣熱，那時候我和那男孩約定要一起拯救全世界的動物。」蘇澄靠在欄杆前，想著當時的情況露出笑容，「現在想想哪可能拯救所有的動物。」

徐江臨沒有應聲，繼續聽著蘇澄說話。

「你們獸醫師挺辛苦的。」

靠在欄杆旁看著炫目的旋轉木馬，蘇澄慢慢豎起自己的手指數著。

「動物和人不一樣，無法清楚的告知自己究竟那兒不舒服。獸醫師只能憑藉著經驗去判斷。」

「還常常遇到對於毛孩子狀況一問三不知，彷彿第一天把寵物接回家養一般的飼主。」

「不願意花費半毛錢做檢查，希望獸醫師能靠第六感得知所有的血檢狀況，就像用了超能力一樣。」

「做了治療到了收費階段，認為收錢表示醫師沒愛心沒醫德的人也比比皆是。」

妳說的倒是直擊內心……

徐江臨看著邊說邊豎起一根手指，到最後十根手指頭都豎起來，也把獸醫師的難處和行業的缺點說的七七八八的蘇澄開口問著。

「那你要放棄嗎？」

「才不放棄。」蘇澄一把將兩隻原本攤開的手掌握成拳頭，轉過頭對著徐江臨十分爽朗的咧齒一笑道：「有一天我會追上你們！」

徐江臨看著蘇澄自信的笑容，被亮的稍稍撇開了頭。

那笑容就如同十來年前那般透明乾淨，直率的讓人看過一眼後便無法忘懷。

「小企鵝，小企鵝，一個小企鵝——」

「啦啦啦——永遠愛著她。」

「他是個小企鵝，不是個大企鵝……」

哼著輕快的歌謠，蘇澄愉快地從雙洋樂園返家，唱著歌她甚至還有閒情踏著路燈下的影子一蹦一跳的，和幾天前那踩著影子就宛如被踩著脖子一般難受的情況完全相反。

當她快到家門前，一個身影落寞的蹲踞在她家門口，腳尖前還有著小小的水灘。

「莉亞？」蘇澄不太敢確定的對那低著頭的身影喊了聲。

「蘇澄。」

林莉亞抬起頭，眼睛腫得跟著桃子一般，她扯了扯唇想擠出一抹笑容。

那笑容看在蘇澄眼裡，覺得她還不如大聲哭出來會好點，至少不會看上去讓人這麼疼。

「蘇澄，妳覺得自己遇上對的人，可是對方卻沒有選擇自己。」林莉亞用力的吸了吸鼻子，但那鼻音依然沉的讓人心塞。

晶瑩的淚珠不停自林莉亞的雙頰滑下，她看著蘇澄哭得像丟了寶物的孩子。

她抽噎著說：「我今天和許路年告白了。」

看到林莉亞的反應，蘇澄雖然已經知道了結果，但聽到她親口說出來還是難受的不行。

林莉亞又吸了吸鼻子，左右扯開了嘴角試圖像往常一般不在乎的笑一笑。

雖然她總說前任就當作死了，有喜歡的人對方卻不喜歡自己，表示對方沒那福分也沒那眼光。

只是發生在自己身上，還是覺得好痛好痛，眼淚像水龍頭一樣止都止不住，耳中一片嗡嗚，眼中的彩色世界更是被調暗許多。

深吸口氣，笑得比哭還難看的林莉亞道。

「他說抱歉。」

第四章　抄襲可恥但有用

天氣炎熱到蟬不停發出鳴叫聲，一大群玩樂起來不嫌擠的遊客塞在小小的過道上，踮起腳尖伸長脖子想要得到更好的視野，好欣賞接下來雙洋的特別表演，河馬破西瓜……

「就不能取一個文藝一點的名字嗎？」許路年反覆唸著破西瓜三個字，總覺得太直接了一點，半點美好的憧憬都沒有。

隔壁棚好歹還用著企鵝想飛這種充滿夢想的字眼。

「企鵝要飛？」林莉亞揚起了眉頭，「企鵝不會飛。」

「搞不好在這裡真的能飛。」許路年嘟囔。

你的獸醫師執照是用雞腿換的嗎？

蘇澄就算了至少她可愛，可你就是傻。

「為什麼我覺得你看我的眼神好像在嘲諷我。」許路年從林莉亞的眼裡讀到了惡意。

「自信點，把好像兩個字去掉。」林莉亞拍拍許路年的肩，大方承認自己就是在嘲諷他傻。

「各位大朋友小朋友，你們有看見柵欄那一方藏在水裡的河馬嗎？」

不遠處的水池中隱隱約約可以看見幾個龐大的身影在裡頭載浮載沉著，牠們有著深色的皮膚，小小的耳朵和黑溜溜的眼睛，外表看上去就像是一頭豬和豚混合的生物。

「你有看見那邊的河馬嗎？」林莉亞開心地指著一邊的大河馬，那河馬還恰巧打了一個大呵欠，露出一口堅硬的黃牙。

「那個嘴巴超大的！感覺能一口咬碎人的……」

「停，別說下去。」許路年聽到關鍵字眼趕緊制止某人繼續說下去。

妳肯定是要說些可怕的字眼例如人的頭、人的手、人的肚子或是人的某些部位。

沒發現一旁的小朋友都用驚恐的眼神看著妳嗎？

許路年看著興奮到整個人都快違反規定站在欄杆上的林莉亞，原本還想讓她別太激動，小心真的摔進池子裡。

不過看到她笑得如此開心，最後許路年只是搖搖頭用手稍稍拉住了林莉亞的後背包袋子，防止人嗨過頭真的下水親自表演真人餵食秀。

「那我們請大河叔叔和大河阿姨一起上來給大家打招呼。」

許路年聽到河馬的名字之後，對於這一區的命名品味不再抱任何的期待。

隨著主持人的話落下，柵欄那端慢騰騰的走上了兩隻大河馬，牠們抖著身子稍微把身上的水甩乾後，像是早就知道那兒會有東西吃一般，移動短小的壯腿到達餵食區。

「首先是一顆花椰菜！」

一顆翠綠的花椰菜，在大家期待的目光中，被拋入了大河叔叔和大河阿姨的嘴裡，輕輕鬆鬆就消失在咽喉的深處。

「好厲害！」

「嘴巴好大！」

「再多吃一點！」遊客也捧場的鼓掌著。

接連餵了幾顆花椰菜，一車圓滾滾的水潤西瓜這才被推到了飼養員手邊。

主持人抓緊時機開始介紹起河馬，「河馬是一種大型的半水生哺乳類動物，成年的河馬雄性大約一點五噸重，雌性也有一點三噸重。」

「別看牠很笨拙的樣子，河馬認真起來可是能以每小時三十公里進行衝刺！」

「許路年，河馬感覺跑得比你快。試試？」林莉亞認真的將友人和河馬放在同一個起跑點賽跑。

「好啊！你去下面抓一隻上來比賽？」許路年莫可奈何的嘆了口氣。

莉亞一定是被徐江臨那壞小鬼給帶壞了，動不動就想著要打趣他。

「大河叔叔和大河阿姨已經等不及要吃西瓜了，事不宜遲讓我們看看牠們能不能一口咬碎西瓜吧！」

在群眾熱烈的鼓掌下，飼養員雙手抱起一顆排球大小的西瓜輕輕地拋入大河叔叔和大河阿姨的嘴巴裡頭。

啪嚓！啪嚓！啪嚓！

西瓜一口就被輕易的咬碎，紅色的果汁搭配著碎果肉嘩的從河馬的嘴邊溢出，炎炎的夏日配上那汁水四濺的快感，不得不說確實十分的消暑。

河馬一顆接著一顆地咀嚼的，林莉亞開心的笑著眼裡閃爍著雀躍的光芒，看著河馬吃西瓜吃的嘎嘣脆，她突然來了靈感。

「許路年？」林莉亞轉過的頭喊了聲。

「嗯？」

看著林莉亞小跳步的背影看得帶上淡笑的許路年哼了聲，目光也從她的後腦勺移到了人爽朗的笑臉上。

「你有沒有覺得河馬吃西瓜的感覺有點像某一部電影？」

許路年聽著林莉亞的說詞頓時感到不妙的眼角一跳。

不會吧……

沒有在意許路年一副想要逃跑的模樣，林莉亞繼續自顧自地說下去，「就是那種把人的頭固定在一個可以壓縮活動的鐵盒子裡頭，然後——」
「停！求你別繼續說下去。」許路年趕緊上前制止同行者接下來可能會汙染周邊數十位兒童心靈的話語。
要是許路年理解的沒錯，這個姑娘肯定又是想到了擠爆某個人類的某個部位的事情。
河馬的餵食秀長達了三十分鐘，兩位表演河馬才慢悠悠的又晃著大身體回到了水域裡頭，在水面吐出一連串泡泡，宣告活動結束。
「許路年。」林莉亞喊住了和自己齊肩走著的男伴。
「怎麼啦？」許路年依然回以輕柔的笑容。
「……沒什麼。」林莉亞嘿嘿一笑搖搖頭。
她就只是突然的想喊喊他，想看著他轉過頭對著自己笑，看著他那雙眼睛裡的倒影只有自己一個人。
即將落幕的雙洋樂園，三五人群嘻笑著慢慢地往樂園出口處移動。
短短的幾百公尺，不僅是林莉亞連許路年都有意的放慢腳步，踏著閒適的步子，兩人齊肩的走著。
肩膀雖然還隔著點距離，但是卻能感受到來自對方身上的暖意，一步一步兩人都希望時間能過得再慢一點。

稍稍的林莉亞停下了腳步，她看著稍微走在前方那挺拔的背影。

微橘的夕陽下，兩人的影子被拉得長長的，彼此交疊在了一起。

林莉亞豎起兩根手指，利用著影子替許路年的影子做了個兔子耳朵、張開的手指翅膀輕輕的搧動。

自己一個人在後頭玩的不亦樂乎。

最後她用著自己手的影子，輕輕的握上了許路年的影子手輕輕地晃了晃，好似透過影子能感受到對方的溫度一般，握住了便捨不得再放開。

「許路年。」深吸口氣，鼓起莫大勇氣的林莉亞喊了聲。

「嗯？」許路年轉過身側過了頭。

這一刻兩人四目交對著，明明隔著好幾步的距離，但卻彷彿能聽到彼此那逐漸一致的心跳頻率。

咚咚——咚咚——咚咚——

那心跳聲沉穩低調，但卻響的讓人耳朵發脹。

「許路年……我、我……」林莉亞突然之間一句話講得的嗑嗑絆絆，最後她豁出去般的一口氣說完：「許路年我喜歡你，不論是你的樣子、你的個性、你的脾氣，我都喜歡。」

「這樣優秀的你會願意和我交往嗎？」

一鼓作氣將話說完的林莉亞像一隻悄悄翻過肚皮，露出自己最柔軟那一面的刺蝟，一顆心毫無保留袒露在心上人的面前。

許路年被突如其來的告白弄得一愣後，他摀住的自己半張臉，開口道。

「抱歉……」

🐾🐾🐾🐾

「啊啊啊啊啊！」

許路年你這個大笨蛋！蠢死了！什麼話不好說，開頭就是抱歉！你乾脆跳下去餵河馬好了！

許路年想著前幾天林莉亞微紅著臉跟他告白時，自己腦袋一時間轉不過來張口就是抱歉，鼓起勇氣對自己告白的她馬上轉過身朝著樂園的出口跑去。

這幾天他滿腦子都是林莉亞聽到抱歉兩個字，跑過自己和自己擦肩而過時那蓄滿淚水的眼睛。

許路年你就是個王八蛋！

「啊啊啊……」許路年一頭碰在了辦公桌上發出碰的一聲。

這上班日他也想過要找林莉亞好好談談那天的事情，至少給自己一個挽救的機會，不過當對方看見自己時那雙漂亮的眼睛馬上就會瀕臨潰堤的充水，表現出要是他膽敢再往前一步，絕對會馬上哭出來的模樣。

這情形好幾度都讓許路年停下腳步，在後來林莉亞乾脆躲著人想盡辦法規避任何有關他的事情。

「啊啊啊啊啊啊——」許路年頭疼的用力抓了抓頭髮，又敲了敲桌面，嘴裡滿是苦澀。

「藥吃多了？」徐江臨皺眉看著一大早就在不對勁的友人，「再撞會笨的連狗和貓都分不出來。」

「再怎麼樣我都分得出來。」許路年回嘴。

「時間差不多要看診，整理好心情出來。」徐江臨整理完手中的病歷後，披上醫師袍往診間走去。

「許醫師，最近林莉亞醫師的心情好像很低落，你覺得要是這時候我去貼心的慰問兩句，再送點好吃，噓寒問暖一下。有沒有機會摘下她那朵花啊？」一旁的實習獸醫師坐在椅子上向後靠了靠，對著許路年搭話。

許路年看著那位年輕的實習獸醫師一眼，收起厭世的臉轉而笑著開口：「你上週給我的病歷報告，我覺得資料蒐集不全。後天重新給我一份！」

「咦？你前天不是說報告沒問題嗎？」年輕醫師的臉立刻喪了下來。
「我改變心意了。」披上醫師袍的許路年攤了下手。
誰讓你誰不招惹，去打莉亞的主意！
艾奈盟為配合政府舉辦的免費疫苗注射活動，今日讓所有手邊有空檔的獸醫師和其餘人員都到了門診區集合。
門診區的診間外頭也在今天聚集了比以往還要多出三倍不止的人群和獸群。
只要人和動物一多還聚集在了一起，各種亂象也就隨之興起。
例如不絕於耳的吠叫聲、飼主制止寵物的吼聲、各式各樣的詢問句用著不打算讓你回答的速度接二連三地問出，且大多還是大同小異的問題、各種屎尿齊飛的狀況更是忙得所有人員有大半的時間都抱著擦洗用具奔走。
更不要說還有插隊的、偷拿別人掛號單的、自認為趕時間或是認為自己是貴賓還是哈士奇的。
這些平日不出門的顧客全都是奔著免費的預防針注射，還有免費和醫師話家常的機會來的。
想平常踏入診間可是需要花費掛號費的，有問題今日不問那豈不是虧大了嘛！
「我就覺得應該要加收三倍掛號費。」許路年看著亂成一鍋粥的診間外搖搖頭。

「梨花，這裡要協助。」

林莉亞從診間探出頭喊助理協助了時候正巧和許路年對上眼。

當許路年以為人會像幾天前那樣飛快地逃離或是轉開視線來個眼不見為淨的時候，沒想到林莉亞居然直直地朝他走來。

那大步走出豁達姿態的感覺讓許路年覺得下一秒林莉亞朝他打出一巴掌都不意外。只是她只是走過來如同那天什麼事情都沒發生過一樣，拍拍他的肩膀打氣。

「今天辛苦啦！下班來去喝一杯？」

林莉亞像很久之前那般只要稍微忙點，她在下班後總會揪著他們幾個好友去吃一頓好的。

「不喝。」許路年愣愣地答道。

一切就如同之前一般的正常，但是許路年卻覺得喉頭意外的苦澀，好像有什麼東西梗在那裏一般的難受。

這種正常的日常感，讓他覺得自己好像就快要失去了什麼東西。

林莉亞撇撇嘴搧搧手露出了掃興的表情後，招呼著醫師助理和下一個不停問東問西還問今天午飯該吃什麼的客人走進診間。

看著林莉亞彷彿想通一切的表情，許路年鼻子發酸的同時也感受到了前所未有的沮喪。

他這是被甩了嗎……

「你們吵架了？」

看到友人早上撞頭自殘，現在又失魂落魄的廢在診間門口的徐江臨姑且基於對好友的人道原則問了句。

「我也想跟她吵架，只是現在好像沒機會了。」

「……」徐江臨半點頭緒都摸不著，只能拍拍許路年的肩膀聊以安撫。

只是他這一拍，差點把只是鼻子發酸心理發堵的許路年的眼淚拍出來。

這拍法跟莉亞拍他的感覺好像……

看到人居然看著自己露出了快哭出來的表情，徐江臨只能努力忍著將病歷一把揮過去將人打醒的衝動。

蘇澄從今天開始就覺得林莉亞的狀況不對勁，平常總是精力旺盛的她今天居然趴在辦公室裡頭睡著了，還花了她好大一陣勁才叫醒。

走起路來也覺得有些顛簸，只是問著人有沒有哪裡不舒服，她也總回答沒事讓自己不要擔心。

蘇澄猜測或許是前幾天失戀給她的打擊太大了點，多一點時間會好的。

「蘇澄？蘇澄！」

徐江臨走進診間前看到有一個小笨蛋也傻在原地一副若有所思的模樣，讓他接連喚了幾聲都沒得到答覆。

今天他們三個一個個都怎麼了？

從遊樂園回來後就總不在狀況內，一個發現企鵝真的不會飛有些失望還能理解，另外兩個一起去看河馬吃西瓜是因為吃得不香嗎……

咚！

遲遲喊不到人回神的徐江臨親自出馬，用病歷敲在蘇澄的頭上，直接把人打醒。

「別發呆，工作。」

一旁的客人見又有醫師進入診間準備開始看診，也不管是不是輪到自己紛紛往前湊，彷彿只要嘴巴上瞎嚷嚷說換自己就真的是換自己一般。

「醫師換我了！」

「輪我才對！」

「我先的。」

「請你們排隊，按照順序進入診間。」蘇澄對著他們手中的號碼牌，重新讓他們排好隊守住了診間秩序。

政府安排的活動除了管控人流和如何在雜亂的環境破壞者手裡維持品質比較難之外，步驟很簡單。

首先評估寵物的狀態是否能接受預防針接踵，再來便是填寫資料，最後施打針劑。

一位阿姨牽著一隻黑色大型混種犬進入診間，那隻大狗一進入診間立刻夾緊尾巴頭微微的低伏著，對於環境和裡頭的所有人露出戒備的眼神。

「請問牠平常會兇嗎？」

「不會不會，我們家阿寶很乖。」

雖然阿姨這麼說，但是蘇澄和那黑狗對上眼的瞬間隱隱約約聽到了狗狗喉頭發出的低鳴聲。

對於總說自己家的狗狗很乖從不咬人的飼主，蘇澄向來採取這種策略。

「那能請您扶住阿寶的頭，讓醫師檢查一下身體狀況嗎？」

女飼主一聽到艾奈盟的醫師助理居然讓她扶住狗的頭立刻快速的搖頭，人還後退了半步。

「我怎麼敢！阿寶等會咬我怎麼辦？」

剛剛是誰說自己家的狗狗很乖，從不咬人的？

蘇澄看著嘴巴上說很乖，身體倒是閃得挺快的阿姨扯扯嘴角。

「那我們先幫牠戴上嘴套。」

蘇澄說著轉身從櫃子拿出大型犬專用的口罩，小心地要幫忙帶上的時候，那隻大狗突然小幅度的跳躍瞄準蘇澄的手就要咬下去。

「小心！」

眼明手快的徐江臨早就將注意力全放在了任何會發生的突發狀況上，當狗跳起來的時候他的手一拉立刻將蘇澄往後扯了半步，牙齒咬到空氣的碰撞聲響讓診療室好一陣沉默。

首先打破沉默的仍舊是那個阿姨，她搖搖頭用一副爛泥扶不上牆的口吻道：「你們獸醫也怕被狗咬啊？」

徐江臨皺眉要想說點什麼的時候，蘇澄笑咪咪的便是一句話：「修車的也怕被車撞啊！」

您好，您的智能回話機器人蘇澄上線。

「如果狗狗沒辦法配合的話，預防針便無法施打。只能請您回去上好嘴套，或是請平時跟牠相處最融洽的人來協助施打。」

送走了仍不理解為什麼會有獸醫師怕狗這件事情的阿姨後，下一位客人進來前的緩衝時間，徐江臨看著正在消毒診間的蘇澄提醒。

「下回遇到會兇的，妳別上前。」

蘇澄抬頭看著明明是在關心自己，但是那張臉仍傲嬌的跟什麼一樣死不肯抬頭看自己的徐醫生笑著回：「好。」

一位高壯的男飼主牽著一隻看上去快要三十公斤的拉不拉多進入診間，蘇澄核對完主人和寵物資料，便請主人將狗狗抱到診療台上。

豈料主人嘴巴上說著好，但是身體卻半點要動彈的意思都沒有，仍盯著自己的手機直滑，彷彿剛剛的「好」是在跟手機對話一樣。

接著徐江臨就看見自己的小助理不停地在胖狗和自己的手臂上來回巡視，最後還像下定了什麼決心一般的好了一聲。

說完他就看見蘇澄轉了轉手臂扭扭脖子後，低下身去準備一個人把那隻絕對有三十公斤的狗狗抬上台子。

徐江臨看著那姑娘用盡全身的力量依然無法讓狗狗的任何一隻爪子離開地面，除了有點無奈之外更多的是覺得畫面還蠻有喜感的。

沒有看蘇澄表演大力士太久，他走過去攬下了抱狗的工作。

「我抱前頭，後面給妳。」

兩人都預備好之後，由徐江臨發號施令：「一、二、三！起！」

雙人合作輕鬆就讓狗狗上了腰高的診療台，剛剛花費全身力量都沒辦法讓狗狗動彈半分，頂多把狗抱熱的蘇澄看著徐江臨在自己面前抱狗時那流暢的手臂肌肉線條傻笑了下。

在不知不覺中，蘇澄發現自己好像不小心被那總板著臉，但是內心柔軟溫柔的男人給引去了目光，眼睛不自主地就想追著他的身影……

蘇澄和徐江臨的診間順利進行的時候，許路年倒是已經被一位四十來歲的阿姨給問的只想用嗯啊喔來敷衍。

「醫生你覺得我家來福身材是不是很好？」

瞥了一眼體型已經開始逐漸遠離狗的範疇，變得比較像另一種養在圈裡的動物的來福一眼，許路年寫著病歷漫不經心的嗯了聲。

「我也覺得我家來福身材超好，背上還有肌肉呢！」

「嗯嗯！」那絕對是脂肪堆積。

「醫生我家來福是不是很可愛，就跟醫師你一樣呢！」

「……」許路年覺得自己好像被調戲了一把。

開始擬定以後這種免費活動都要加收掛號費草案的許路年終於將阿姨送出診間，靠近午休時間許路年走出診間稍稍喘一口氣時，林莉亞也正巧走出診間，兩人對望之際她對他笑著擺擺手。

那跟往常一樣分不出區別的態度，讓許路年的心裡十分的不是滋味。

不過林莉亞移開目光去回應客人的問題時，許路年仍看著人直瞧。

他發現林莉亞的臉色微紅，嘴巴好像有點喘不過去來的微微張開幫助呼吸，眼神也有點飄忽不像往常的那麼明亮。

當他皺眉想要上前幫人攔住問題接二連三拋出來，半點喘息都不給的客人時，身體從一大早就有些沉重的林莉亞因為一陣暈眩向後踏了一步，就這麼一步她整個人突然就軟了下去，發出不小的聲響。

「呀啊——有人昏倒了！」

「莉亞！」

許路年的叫喊聲還有正面看到女醫師昏倒的客人驚叫聲，馬上吸引了艾奈盟候診區所有人的目光，不管是想幫忙還是好奇的人很快就圍了上來，形成了一圈人圈。

許路年三步併作兩步的上前分開人群，彎下腰一手扶住林莉亞的後背一手托著腳彎處，一口氣就將長手長腳身型修長的林莉亞攔腰抱起。

「借過。」

許路年板著臉說了句，人潮立刻像分海一般讓出一條寬敞的路供他抱著人離開。

「那個是許醫師？」

「許醫師什麼時候這麼帥了？」

「原來他這麼有男子氣概嗎？」

「你們有沒有看到那個公主抱，看得我都羨慕起來。」

「以後許醫師就是我心中的第一名了，除非徐醫生也公主抱誰……」

艾奈盟的工作人員一時間都無法將那一把將林莉亞公主抱起，大步前往醫務室的背影，和平時待誰都和氣溫柔的許路年聯想在一起。

林莉亞在好一陣眩黑後回過神，趕上的便是許路年一把將自己從地上托起的畫面，臉上也不知道是羞的還是燒得一片通紅。

被攬在懷裡的她馬上雙手並用地推著許路年的胸口，想讓人將自己放下。

「放我下去。」

「別鬧。」

許路年面對掙扎眉頭輕皺，立刻用著更大的力道將人往自己的身上靠，杜絕任何有可能讓人掙脫摔到地板上的事情發生。

你既然不喜歡我就不要對我這麼溫柔啊……

感受著從手掌傳來，來自許路年那微涼的體溫，林莉亞憋了好幾天的情緒終於無法忍耐的潰堤，晶瑩的眼淚從眼眶滑下，毫不客氣的沾濕許路年胸口的衣服。

感受著胸口的微濕，許路年摟著的手緊了緊，胸口也跟著一陣發悶。

醫護室裡頭的護理人員見到病人居然是被用抱的抱入醫護室，而且還哭得特別慘，馬上起身查看。

「怎麼哭了？哪裡痛嗎？」

「心痛，我喜歡的狗死了。」林莉亞打著哭嗝，原本不通順的鼻子更塞了。

「……」許路年被突如其來的詛咒暴擊。

他將人直接抱到了小床上才將人放下，蓋被拉平一氣呵成。

「許醫師忙的話可以先離開，這裡我來處理。」護理人員貼心地說著。

「我不忙。」

趁著護理人員查看狀況的時候，他已經俐落地倒了溫開水，不容反抗地直接塞進林莉亞的手裡。

「現在體溫偏高，先吃退燒藥再休息一會。如果待會體溫複測依然燒的話，就要請林醫師先請假回家就診。」

林莉亞在監督下乖巧的吃藥喝水，然後也不知道是為了保暖還是眼不見為淨，她一把將棉被蓋住頭翻過身去。

眼神在兩人之間看了幾輪後，明顯的察覺到這兩人的氣氛不對勁，而且病人似乎不想面對外頭的人，護理人員再次要請無關緊要的人離開。

「許醫師你可以先去外頭忙，不要緊！林醫師這裡我會照顧。」

「我不忙。」許路年乾脆拉了張椅子在床的邊坐下，他看著縮著跟棉被山似的林莉亞無奈地扯扯嘴角。

深吸口氣，護理人員最後下達逐客令，「就算不忙也給我離開這裡找點事情忙。」

「……我是她的男朋友，我想陪著她。」許路年對護理人員露出個希望能夠通融的笑容。

「我不答應。」悶悶的聲音從棉被裡頭傳來。

林莉亞直接將許路年現在所說的話當作是一種看不下去後，他莫可奈何的答應。

她才不要他的憐憫，她林莉亞一定可以找到更好的……

護理人員見小倆口的互動，馬上意味深遠的喔了一聲表示了解，還貼心的讓出醫護室拉上了門，在外頭巡起醫院順便散步散心。

她懂的，哪個小年輕戀愛的時候不是這樣轟轟烈烈吵吵鬧鬧呢？

「體溫三十八度五，怎麼折騰的？」許路年坐在一旁看著棉被團嘆了口氣。

「不要你管。」帶著濃濃鼻音的聲音從棉被裡傳出。

醫護室沉默的剩下吸鼻子聲後沒多久，林莉亞塞的嚴重的鼻音再度傳來。

「給我一點時間，我會好起來的。不會影響工作，希望你不要介意那天在遊樂園發生的……」

「莉亞。」許路年打斷了林莉亞後頭要讓他別在意那天的事情，希望兩人友誼能回歸之前的話語。

「沒關係的，你不用安慰我。」說著棉被裡的林莉亞用力的揉了揉已經夠腫的桃子眼，希望那兒別再有任何的眼淚流下來。

「莉亞。」

許路年只是又輕輕地換了聲，直到那團棉被願意露一點小縫隙用腫成一線的眼睛看著自己時，他才繼續說下去。

「喜歡的人也正巧喜歡自己，本身就是一種奇蹟。」

林莉亞不太明白的微微皺眉。

「而之所以稱作奇蹟，便代表著那極低的可能性。」

「我那天只是沒想到那所謂的奇蹟居然真的發生在自己的身上。」許路年所有的話都用雙眼十分真誠的看著林莉亞輕聲說。

那天他就只是太高興忍不住脫口而出就是抱歉兩個字，希望能給點時間緩緩，但是萬萬沒想到人就直接哭跑了，還接連幾天都躲自己躲得跟看見髒東西一樣。

許路年見棉被怪還不願意從自己構築的巢裡出來，他用手指捲起林莉亞露在外頭的長髮纏繞在指尖，細細地撫摸著。

「林莉亞我喜歡妳，不論是妳的樣子、妳的個性、妳的脾氣，我都喜歡。」說著，許路年輕輕的在髮梢落下一吻。

這回棉被怪終於願意從裡頭探出頭，她看著耳尖泛紅的許路年哼道：「抄襲可恥。」

「但是有用……」

林莉亞小聲咕噥後覺得自己應該再挽回點什麼的試圖從許路年手裡搶回自己的髮，但她手一伸出來，許路年就一把揪住了想重新逃回棉被裡那因發燒而燙著的手。

她看著他眼裡的笑意和溫柔，感受著自己被他緊緊握住的手，還有來自掌心那屬於他有些緊張而泛涼的手溫，指尖脈搏的搏動，宛如觸電般的一陣麻癢讓林莉亞的手顫了顫。

看到林莉亞像個小動物一般終於願意從被子裡探出頭，好好的面對自己，許路年在她的手背上落下一吻。

「請問妳以後願意和我一起開一家動物醫院嗎？」

「……看你的表現。」林莉亞撇撇嘴但從她反握住的手，許路年得到了自己所想要的答案。

「許路年。」被幸福臨幸的林莉亞還沒輕飄飄太久，她馬上想到了一個問題，「你剛剛說你喜歡我，從什麼時候？」

「等妳好起來，我就跟妳說。」許路年俏皮地眨眨眼。

他記得那年他應聘艾奈盟動物醫院獸醫師的時候，同時也應聘了雙洋樂園的獸醫師。然後兩家公司都在同一天通知他到現場報到。

那是個飄著細雨，悶熱的讓人身心煩躁的下午，他帶著一頂鴨舌帽坐在公車等候處，認真思考著自己的未來。

「艾奈盟和雙洋都是在這個公車站搭車，那麼該選哪一個呢？」

雙洋樂園的獸醫師，由於沒有野生動物的經驗，因此必須要從最基層的獸醫師做起。代表自己未來將會有長達最少兩年的時間，都必須待在室外場所，兩年後才有機會調入館內照看館內動物。

而艾奈盟的話，由於自己已經有了四年臨床獸醫師的經驗，因此加入後便能直接成為正式獸醫師開始看診。

不過由於自己有四年的臨床經驗，因此艾奈盟的院長要求自己要培育來醫院實習的菜鳥醫師。

「嘖……最討厭帶孩子了。」

什麼都不會的菜鳥，還不如有經驗的獸醫師助理好使喚。

實習的獸醫師指導醫師，必須要幫忙看病歷報告準備課程，還要收拾他們惹下的爛攤子。

更不用說剛踏入臨床，肯定說啥啥不懂的，要自己一步步手把手的教……麻煩啊！

靠在公車的座椅上，聽著候車棚外淅瀝瀝直落的雨水聲，許路年的心中的歸屬天秤開始緩緩地傾斜。

當他要做出最後的決定時，突然一個身型修長高挑，有著一頭長髮的年輕女性用手遮擋著頭部小跑進了候車亭。

許路年看到她的髮尾已經濕的要滴落雨水，在對方坐到自己身旁時拿出了包面紙。

「謝謝。」林莉亞笑著接過面紙。

許路年眼尖的瞥到林莉亞掛在包包外頭的員工識別證，上頭寫著艾奈盟實習獸醫師幾個大字。

叭叭——

沿途會經過艾奈盟動物醫院的公車停靠在候車亭，為了不應付菜鳥小朋友決定要去雙洋樂園磨練幾年，爭取能早日調到清涼水母館的許路年沒有動彈。

林莉亞起身前對剛剛給予自己幫助的陌生男子點頭致謝，只是她一起身頭髮馬上被扯的歪了歪，臉上露出吃痛的表情。

原來她潮濕的頭髮纏上了許路年隨身包的拉鍊，此時正糾結成一團。

兩人手忙腳亂地輕輕拆著糾纏的頭髮時，公車司機不耐煩的又按了兩下喇叭催促。

「我把拉鍊拆下。」許路年為了避免小菜鳥遲到，被比自己還要更加可怕的獸醫師前輩盯上，馬上決定用暴力破壞背包。

「手讓開。」

他正打算付諸暴力的時候，清脆的女聲傳來，他下意識地縮手就見刀光一現，還有幾縷髮絲在眼前飄落。

林莉亞拿出一把剪刀後，毫不客氣的剪斷了糾纏的頭髮，讓她原本齊腰的長髮直接多了一個豁口。

她只是稍微碰了碰確認長度後，便快步地走上公車，在車門關上前她聽見剛剛被自己的舉動嚇了一跳的男子說道。

「艾奈盟的實習獸醫師轉正職，很困難，要加油！」

「我相信他們會選擇我的！」對著男子林莉亞爽朗地露出笑容。

那充滿自信的笑容還有不顧一切的狠勁，讓許路年低低的笑了。

「那就改變心意，去帶帶小菜鳥吧！」

妳可千萬別讓我失望了！

要是沒記錯的話，他們很早之前就相遇了。

許路年看著熟睡的林莉亞，輕輕的說著。

而那時候妳的身影就已經走入了我的視線，而我的心早就任由妳搓圓捏扁。

第五章　我的副人格不乖

「莉亞你好點嗎？」蘇澄下班回到家後，趁著值夜班前的時間，問著今天早退回家的林莉亞。

沒想到友人關注的點根本不在自己身上。

「咳咳咳……小橙子，妳覺得路年他是什麼時候開始喜歡我的？」莉亞用談話內容證明自己好得很。

聽著莉亞就算咳著，也還是能跟自己扯這扯那的，蘇澄覺得人一定很快就能好起來。

而且要不是自己早有耳聞下午發生在艾奈盟的突發事件，還有許路年突然被神格化的騎士行為，蘇澄一時間怕是都跟不上話題從生病突然變成戀愛。

「我記得許路年以前是妳的指導獸醫師？」

蘇澄記得艾奈盟大半新進的實習獸醫師指導老師都是經驗豐富的許路年，其中就包括兩年前入職的林莉亞。

「會不會是那時候？」蘇澄靠在床頭問著。

「居然咳咳對自己的學生下手嗎?禽獸啊……」

「……」蘇澄一時間不知道該如何接話才好。

就算對自己的指導學生下手，都是成年人了也沒什麼違法的吧?被妳說的好像必須拖進監獄裡關個幾年才行的罪過一樣。

「不過不可能。」林莉亞馬上就反駁了蘇澄的想法，她用依然濃著的鼻音說道:「許路年當指導獸醫師的時候，是個暴君。」

「超級可怕的!」林莉亞想起當初落在他手上的黑暗時光，仍忍不住心有餘悸地抖了抖。

「許路年?」蘇澄不太相信林莉亞現在說的人是那個沒什麼脾氣的許醫師。

「他那時候可嚴格了，雖然笑得很和氣，但是在教學上半點水都不會放，批改報告一點都不手軟，要是做錯事情能直接把人給罵哭。」

「他還會罵人?」蘇澄愣了愣。

「咳咳……我曾經看過他笑著把一個實習獸醫師給說的落下男兒淚。」林莉亞說著像想起什麼一般的啊了一聲，「啊!蘇澄!」

「嗯?」

「妳以後的獸醫實習，該不會要選艾奈盟吧?快逃!」

「……許路年被妳這樣說會哭出來的。」蘇澄無奈的搖搖頭。

兩人聊著的時候，蘇澄突然聽到居住處了樓下有人喊了自己的名字。

「有人喊我，等一下。」蘇澄拿著手機往窗口一站，朝下頭一看的時候心頭一陣五味雜陳。

底下的男人梳著整齊的西裝頭，從衣服到西裝褲都是知名的廠牌，手裡拿著一束花的他看到蘇澄站到窗口後朝著她笑出一口整齊的白牙，並示意蘇澄到樓下一聚。

「誰喊妳？」林莉亞見蘇澄遲遲沒有發出任何聲音有些擔心的問著。

「陳立安。」蘇澄乾巴巴的說著前男友的名字。

「哈？那個甘蔗男？」林莉亞浮誇的拉長尾音，這說話方式導致她又連續爆咳了好幾聲，不過狂咳之餘她還是堅持的表述自己的立場。

「咳咳咳咳咳——蘇澄妳待著咳咳咳，我現在就過咳咳嘔我現在就過去折斷他咳咳咳！」

蘇澄聽著電話那端都快咳吐，仍像是在急忙穿衣服要趕來給自己聲援的碰撞和咳嗽聲，一股暖流流淌之餘，更多的是擔心。

「妳來的話我覺得許路年會打斷我的狗腿，妳趕快躺回去拉緊棉被休息！」

「沒事的，讓我再去折斷他！咳咳咳！」

得到蘇澄再三肯定自己不會有問題，反覆叮嚀有問題一定要給發訊息給自己後，林莉亞這才安分的掛斷電話。

蘇澄到樓下見到前任之前，原本以為前任找回來自己的心應該會是躁動且有些喜悅甚至有點難過的，只是沒想到真的見到人後心臟仍是該跳就跳該頓就頓，半點波瀾都不曾有過。

「妳怎麼都不接我電話？」陳立安見到人後露出笑容。

「朋友說把死人的電話留在手機裡頭不吉利。」蘇澄面無表情的和前任拉開距離。

林莉亞說過前任就當他死了，因此手機號碼和所有聯絡方式宛如陪著前任一起下葬般，全都都被貫徹前任已死的蘇澄拖進了黑名單。

被噎了一句的陳立安沒有灰心，他將手裡的玫瑰往前遞了遞。

「送妳。」

蘇澄看著那一朵朵大且紅還包裝華麗的玫瑰花束，不自主地扯扯嘴皮。

要自己接下然後放在墳頭上嗎？

見蘇澄半點要伸手的意思都沒有，陳立安繼續試圖挽回，「蘇澄以前是我不好。」

「不好在哪？」完全不把人當人之後，蘇澄懟起來半點愧疚都沒有。

又被梗了一句，今天存心要來找不自在的陳立安面部表情僵了僵之後接著說下去，「我發現以前的每一任女朋友都太物質了，還是蘇澄妳好。」

蘇澄發現眼前這人每說一句話，自己都要花費很大的忍耐功夫才可以不每一句話都嘴上一句。

愛跟嘲諷果然只有一步之差，以前有多愛現在就有多嘲諷，嘲諷以前眼睛沒睜開的自己。

而眼前這人依然在絮絮叨叨著，說著一些彷彿是為了她好，但是到頭來只想到自己的話。

「蘇澄以後我只會對妳好的，妳喜歡動物那我們就養很多動物。」

「妳好好待在我身邊好不好？跟我在一起妳就不用那麼辛苦的上班。」

看著陳立安，蘇澄的腦中忍不住浮現出了徐江臨那張冰山臉。

現在好想看到他啊……

猛的蘇澄都被自己的想法給嚇了一跳，一定是眼前這人太糟才會本能追尋美好的事物。

而陳立安絮絮叨叨，蘇澄忍著最後耐心沒讓人滾去吃屎時，遠處正夜跑的徐江臨剛好從遠方路過。

戴著耳機聽著國外最新病歷報告的徐江臨雖然沒有聽見蘇澄和她眼前大晚上帶著一大束紅玫瑰不知道是要嚇人還是給人驚嚇的男子談話內容，但是徐江臨看見了。

他看見蘇澄成天會掛在臉上那有點傻的笑容不在了。

他停下想直接跑過去不參與人私事的腳步，給蘇澄發了一封訊息。

「妳東西落在艾奈盟，要幫妳送嗎？」

叮叮叮叮！蘇澄看見徐江臨的訊息居然不是讓她回去拿而是要幫自己送時，露出淺笑的同時快速的回著。

「我晚點要值急診班，不用你送。」

本來想藉著送東西出現幫人解圍的徐江臨看到訊息差點沒被那笨蛋氣死。順利驅散陳立安這負面詛咒到艾奈盟值急診班的時候，蘇澄面對的就是徐江臨那張黑的像是要滴出墨來的臉。

「你東西也忘在醫院了嗎？」蘇澄問著沒理由大晚上出現的徐江臨。

「大笨蛋。」

蘇澄：「哈？」

你內心的小貓咪又需要順毛了嗎？

被罵的莫名其妙的蘇澄走進急診部門的時候，看見把自己睡成鳥窩頭的許路年還在打著呵欠，甚至還看著手裡的一疊病歷，像是在思考著能不能蓋在臉上繼續睡。

「許醫師晚上好！」

「蘇澄哈——」許路年打招呼的同時要打了一個哈欠，揉揉眼睛仍一副精神不振的模樣。

他看著跟在後頭的徐江臨有些訝異，「徐江臨？今天你代替莉亞上夜間急診班？還真是稀奇……」

在他印象中徐江臨向來不會幫忙代班這需要補資料還是補假的麻煩工作，今天倒是稀客啊！

不過許路年的奇字說到一半，他的目光在蘇澄和徐江臨身上轉了轉後，馬上解了什麼重大內幕般的喔了好大一聲。

「懂了！」許路年悄悄的對徐江臨豎起拇指。

沒想到那個只懂動物，甚至只跟動物說話，其餘人類在他眼中宛如多餘的徐江臨也有春暖花開的一天。

「……」徐江臨看著許路年那個拇指，還有對方不知道擅自誤解什麼的表情，只覺得自己的心情好像更不好了。

咬了口三明治的許路年關心起今晚一位總負責醫師，一位醫師還有一位醫師助理組合中，最沒經驗的那位助理。

「蘇澄今天第一次值夜間急診？」

「嗯！」

看到人點頭，許路年馬上將多帶的三明治拋了兩個給蘇澄。

「多吃點，食物能帶給你正能量，熱量讓你可以面對所有考驗。」許路年用著一副過來人的口吻誠心的建議，接著反手啵了一聲將粗吸管插進一杯手搖飲裡頭。

「夜間急診會發生什麼可怕的事情嗎？」接住一個甜味一個鹹味三明治的蘇澄問道。

「你待會就知道了。」徐江臨也扭開罐裝飲料的瓶蓋，喝了口感受糖分，準備面對接下來會極大考驗耐心的所有事情。

「第一次值夜班，好好體會。」許路年拆開了一包洋芋片，放在桌上供大家自取。

艾奈盟的急診時間從晚間九點開始到隔日的清晨六點，只要在這段時間來的客人皆定義為急診。

三個人在桌上吃吃喝喝等著掛號的時候，晚間十一點左右一個阿姨急急忙忙地抱著一隻緬因貓跑了進來。

第一次值班的蘇澄終歸太缺乏識人的目光，她見人腳步走的這麼快，也趕忙迎上去關心是否有什麼問題。

「貓咪怎麼了嗎？」

「喔？她啊！剪指甲啦！好久沒剪了，現在想到就來剪一下。」阿姨舉著手裡呼嚕嚕不停的貓咪。

阿姨現在都晚上十一點了，妳才想到要剪指甲嗎……

剪完指甲要收費的時候，那阿姨還在碎碎念的要試圖殺價，「你們剪指甲還要收急診費喔？這麼摳門。不能便宜一點嗎？」

「算我便宜一點，以後我還來剪。」

不，請妳以後不要半夜掛急診剪指甲！

這段需要耐心的溝通時間，許路年和徐江臨半點要動嘴的意思都沒有，全交給了今天當職地位最低下，看上去也最擅長溝通的蘇澄。

將半夜不睡覺帶著貓咪來剪指甲的客人送走後，咬下薯片一角的許路年笑咪咪的說：「放心，這只是開始。」

「剪指甲、預防針、麻醉諮詢、來聊天的。」徐江臨邊說邊豎起自己的指頭。

「還真是都可以在白天做的事情……」蘇澄覺得自己已經要搞不清楚急診的目的是為了什麼。

「妳在想急診的目的嗎？」許路年笑著說出很多人在值夜間急診時總會浮現出了疑惑。

「急診的目的是為了幫助真正需要幫助的家人。雖然很常心力憔悴，但是一但救了那些情況危急的動物，妳就會覺得今天是我值班真好。」

凌晨一點鐘的時候，一個年紀大四十多歲穿著時髦的女性抱著一個白色小型狗，用小跑的跑進了急診室。

「醫生，請你救救牠！」

「嗚汪！」小白狗十分有活力的吠了一聲。

相較於主人的臉色難看，小狗狗看上去能跑能跳還能吠，衝著在場最好看的徐江臨猛搖尾巴，要不是蘇澄攔著估計會直接撲上去。

「牠、牠剛剛拉了一次肚子。」

喔！只拉了一次肚子，那還不算緊急情況，估計是突然急性腸胃炎吃壞了肚子。

簡單的聽診和觸診後，許路年有了答案和治療方法。

不過女飼主顯然就沒有這麼淡定，她直接在急診區哭了出來，畫風轉折速度之快，讓三名值班人員直接看呆了眼。

「都是我沒把她照顧好！沒有把小丸子照顧好，讓小丸子拉肚子了！」女飼主哇的一聲直接放聲大哭，哭得好像還活蹦亂跳的小丸子在剛剛被診斷出絕症一般。

「醫生醫生！」一個年輕的男子提著貓籠跑了進來。

將小丸子後續的處理交給徐江臨後，許路年將年輕男子和他的貓籠請到隔壁桌的診療台。

男子將貓籠往檯子上一放，本該動也不動的貓籠卻不停地左右晃動，在鐵桌上發出喀喀喀喀的碰撞聲響，晃動頻率不難想像裡頭的貓咪該有多緊張和多想掙脫出籠。

「請看一下我的貓咪。」年輕男子一說完就出手要扭開貓籠。

「等一下！別開！」

許路年阻止的動作慢了一步，那貓咪在籠門被打開的那一瞬間直接飛了出來。

半點誇張的成分都沒有，關在籠子裡的那著大黑貓真的是直接騰空而起，一眨眼的時間就爬到了掛在牆上的電視上，貓爪子不停抓撓著螢幕表面追求平衡。

許路年和蘇澄兩人合力抓捕四處飛躍，爬上爬下，有時候還從人臉旁邊躍過的黑貓時，徐江臨仍面對著哭得上氣不接下氣的飼主。

「蘇澄，拿貓網。」

「嗚嗚嗚嗚哇——我沒把小丸子照顧好我該死！」

「小丸子，媽媽對不起你……」

「嗚汪汪！」小丸子翻起了肚皮試圖勾引徐江臨去摸摸牠。

「小丸子啊！你一定要好起來！」

「……只是腸胃炎，打針吃藥就沒事了。」徐江臨被哭聲煩到面無表情地提醒。

「嗚嗚嗚嗚，我的小丸子啊！」

任憑徐江臨怎麼說，情緒上頭的女飼主依然痛哭失聲，面紙都快給她抽掉了半包。

「蘇澄把大門關緊，別讓貓跑了。」

「喵嗚！」

門才一被蘇澄按住，那隻貓快步地朝她跳了過來，在她手上借力後又像個小砲彈一般，往另一端射了出去。

「啊！貓咪衝過去了！」

一陣雞飛狗跳抓貓的時候，徐江臨那端突然砰的一聲，發出了巨大的聲響，剛剛還哭著的女飼主宛如承受不起寵物不小心吃壞肚子的壓力，手一扶頭便在所有人眼前倒了下去。

一把揪住貓咪還忙得很的許路年除外，蘇澄和徐江臨兩人趕忙湊上去查看。

許路年將貓咪先塞籠子等待看診，一轉過頭就看見有兩個人十分嚴肅地蹲在昏倒的客人面前，不知道在嘀咕什麼。

他快步走過去一看，看見蘇澄用顫巍巍地手指輕輕碰觸了緊閉雙眼的飼主眼角，試圖取得一些反應。

蘇澄戳了好幾下都沒有得到理當要有的眨眼反射，表情更加凝重的同時，徐江臨也伸出了自己的指頭。

「我試試。」

看到那兩人肩併著肩十分有默契的在測試眼瞼反射，畫面異常溫馨的同時許路年只覺得……你們他媽傻了嗎？

啪！啪！

毫不客氣的許路年朝他們後腦勺一人狠狠來了一下，接著上手稍微測量脈搏和呼吸，確定沒有立即性危險後立刻請救護車來協助送醫。

犬貓在麻醉或是意識不清楚的時候是可以藉由刺激眼角，觀察眨眼情況來確定反射狀況沒錯，但是她好歹是個人！

蘇澄就算了，徐江臨你跟著一起智商下線啊？

他到底把這兩個人排在同一個班工作做什麼？許路年沒好氣地扯扯嘴角。

「抱歉，下意識就……」摀著後腦勺，蘇澄不好意思的乾笑。

許路年訓完這邊頭一回，又看見蠢蠢欲動想要開籠子的男飼主。

「不許開！」

好不容易將貓咪的情緒安撫下來，還在診療的時候，電動門唰的移開，這回看到來者徐江臨和蘇澄主動迎了上去。

抱著黃金獵犬的男主人露出焦急的面容，他原本應該是白色的襯衫現在有半件都被染成了暗紅色，隨著他走過的每一步都在地上開出血花。

滴答滴答——

一滴滴鮮紅色的血液不停的自一隻黃金獵犬角度詭異的腳掌落下，狗狗粗喘著氣發出低低的哀鳴聲。

「醫生，阿金被割草機割到腳掌。」

「我在割草的時候牠突然衝了過來，這個腳還有救嗎？」

「牠流好多血，我試圖止血可是血還是一直流……」

看到那足以將一個腳掌切成三段的切割痕跡，蘇澄已經沒有閒暇的時間去吐槽半夜十二點去割草是什麼概念，她用著最快的速度辦理掛號還有將所有的縫合止血用具準備在了一旁。

「徐醫生，你帶幾號手套？」

「七號半。」徐江臨翻看著狗狗的眼瞼血色，以最簡單快速的方法判斷失血情況，「備血，準備生化血液檢查。」

「好！」

「我也是七號半。」許路年處理完手邊的事情後，也靠過來幫忙手術。

這邊還忙著止血的時候，急診門再度打開急急忙忙的又一個客人抱著一隻吉娃娃衝了進來。

「我倒車的時候撞到牠！」

還不猶豫脫了手套，許路年轉身就上前查看受傷的狀況。

「蘇澄，我這裡要X光檢查，胸腔腹腔還有骨骼正照側照。」看了幾眼許路年下達指令。

「好！」拿起病歷，蘇澄就往旁邊備有放射室的地方走去，操作起了機器，「準備好了！可以拍攝。」

「蘇澄，縫線。」

「馬上來！」

兩組醫生分別進行檢查和縫合的時候，蘇澄就左右協助，左手和右手拿著不一樣的東西和器材，分別給兩人送去。

無論是割草機外傷還是車禍受傷都做了基本處理，辦了入院手續後，三人才有機會在零食桌旁坐下。

「呼——今天事情也太多。」揉揉額角，許路年才開始值班不過三個小時的時間就覺得自己累了好想回家。

「嗯。」徐江臨喝了一大口水，跟著呼出一口氣，眉眼間也有著疲憊。

來回跑動的蘇澄直接趴在了桌子上，用手摸索著餅乾的位置，趕緊讓自己攝取熱……不對，許路年說這叫正能量。

「早上才被詛咒死過一回，還來不及享受活著的美好，大半夜的就這麼燃燒靈魂。」許路年吸了一大口飲料，咀嚼著珍珠道。

像倉鼠一樣吃的雙頰鼓鼓的蘇澄也騰出嘴裡的空間說道：「我今天上班前還看到一個死而復生的人，就沒有什麼方法能把棺材板按緊封死的嗎？」

徐江臨：「……」

你們這都是什麼清新脫俗的狀況？

默默的徐江臨也開始覺得今天來代班真不是一個好主意，很有默契的他和許路年同時開口說出真心話。

「果然應該取消急診服務。」兩人說完交換了一下眼神後，雙掌在桌子中間交握。

「剛剛說急診的目的和意義的人是誰？」蘇澄無奈的看著突然交換起兄弟友誼的兩人。

「那是我的副人格，他不乖。」許路年說得十分認真。

對此還吃著人餅乾的蘇澄只能回以一個鄙視的眼神。

「蘇澄，明天大學報到？」許路年問了句。

「對，值班結束換件衣服就去報到。」

「居然沒有逃啊？」許路年打趣著。

「才不逃呢！」

「以後要逃可就來不及了。」

「我不會逃！」蘇澄皺皺鼻子從許路年的手裡搶過一包薯片。

「我倒是想逃，去雙洋多好，沒有夜間急診。」遭受急診迫害的許路年又將薯片拿了回來，啪嚓的咬了一片。

兩人你一句我一句鬥嘴的時候，徐江臨突然伸出自己的左手掌心朝上，並對蘇澄說：

「蘇澄，手。」

蘇澄也沒多想直接就像小動物握手般，將自己的右手搭了上去。
「另一隻。」
一樣很聽話的，蘇澄換成了左手搭上。
那她需要配合的嚎個幾嗓子嗎？向來動嘴比動腦快的蘇澄毫不猶豫的張嘴就是一聲。
「汪！」
徐江臨：「……」
「痛痛痛要斷了！徐江臨放手！」
一下子沒忍住想要將搭上來的手扭斷的衝動，徐江臨用力的握緊擠壓，讓蘇澄跳著要將手抽出來。
好半晌徐江臨看人安份不少這才放鬆手勁，讓人柔順的將手放在自己掌心中。
蘇澄也是在這時候才發現，自己的左手手背上不知道什麼時候已經多了兩條彎曲的抓痕，那抓痕上還透著點點血珠子，隱隱約約還有發紅發炎的趨勢，看上去十分嚇人。
「什麼時候抓的？」徐江臨皺眉問著。
「剛剛抓貓的時候？」許路年拿了塊紗布，本來要順勢蓋在傷口上擦血的動作，再看看徐江臨後馬上改為將紗布遞給他。
蘇澄仔細想了想，剛剛那隻會飛的黑貓被攔住往門口逃逸的路線時，似乎有在自己的身上借力一跳。

那瞬間她確實有感受到一陣抓撓的刺痛，不過當下匆匆瞥了一眼只看到兩道微微浮腫的白痕，沒想現在已經脹裂出了一條滲血的縫。

徐江臨輕輕的將沾在手背上的血沾起，小心翼翼的動作像是在對待什麼易碎物一般的細緻。

「痛嗎？」徐江臨將紗布往感染垃圾區一扔問著。

「不痛。」蘇澄彷彿沒事人一般地笑著回：「放著不管也會自己好，沒事啦！」

也不是第一次被貓抓到了，以前被抓到也都是清水沖一沖，刺痛個一兩天就沒感覺了，就是前幾天碰觸酒精的時候特別刺激。

做這一行的，哪個人沒有被抓過呢？

蘇澄相信就算經驗豐富如許路年和徐江臨，那袖子一拉開肯定也有著不少的功勳。

而且蘇澄覺得她今天被抓到的那兩條痕跨過整個手背的彎曲貓抓痕，看久了很眼熟。

「你有沒有覺得這個抓痕很像……」

就像是一種細細的插在沙裡頭，然後從沙的表面延伸出有些彎曲的身子，看上去很迷但又有點療癒。

徐江臨手裡的動作一頓，還沒等他做好準備眼前這姑娘的話語可能又會有什麼驚人之語時，就見蘇澄十分嚴肅地給自己的傷口點評。

「很像花園鰻。」

「啊啊啊徐江臨你輕一點！把我的手還我！不要攻擊我的花園鰻！」蘇澄的手再度慘遭徐江臨的魔掌。

一陣胡亂蹦踏後，抽不出手的蘇澄終於安靜下來，乖巧的看著徐江臨仔細地在她的傷口上塗上一層抗生素軟膏。

徐江臨低著頭的時候前額碎髮稍稍蓋住眼睛，讓人看起來減了點銳氣多了點柔和，高挺的鼻子白皙的皮膚，還有手裡那溫暖的感覺，讓蘇澄的心加快了一點。

不論是從他一點一點均勻上藥，或是好像是為了不讓自己感到任何疼痛般有些緊張的抿著嘴的嚴肅表情，都讓蘇澄有種備受疼愛的感覺，讓她的雙腳有些愉快地輕輕晃著。

感受著手背傳來的清涼感，蘇澄嘴邊不自覺也露出了傻笑。

「年輕真好。」吃著薯片的許路年安靜的看著眼前兩人散發出一股不明不白濃稠卻清爽的感覺，小聲的嘟噥著。

「藥拿去，早晚擦。」徐江臨將軟膏和棉籤包裝好一塊拿給蘇澄。

「好呢！」蘇澄笑咪咪的接過藥。

吃著薯片的許路年覺得自己宛如看了一場戀愛大劇，海鹽口味的薯片都快給他吃出了一股蜂蜜的香甜感。

不知道莉亞現在有沒有好好睡覺……

看著快要達到相視而笑，天上天下唯他們兩人獨處境界的蘇某和徐某兩人，受到氛圍影響許路年突然想起了笑容直爽的林莉亞。

接著雖然很殘忍，但是許路年還是輕輕咳了聲，將兩人的注意力拉回自己身上，中斷了那發酵中的化學作用。

「時間差不多，抓緊時間巡住院部。」指了指時鐘，許路年提醒休息時間結束。

艾奈盟的急診值班，除了要接急診外，還要負責半夜的住院部查房。

通常這種工作會被安排在下半夜，大概是點滴快要滴空，還有不知道是因為溫度或是陰陽轉交的緣故，大部分的住院動物也最容易在這個時間點有突發狀況。

一踏入熟悉的住院部，蘇澄馬上感覺到有一點違和感，但一時間又說不上來是哪裡奇怪。

「嗚汪！」

「汪汪汪——」

「喵喵嗚！」

睡眼惺忪的狗狗和貓咪們，不一會的時間便讓整個住院部重新熱鬧起來，剛剛那一瞬間的寧靜就像是曇花一般只存在片刻。

三人夜間小組由蘇澄負責簡單的打掃還有水碗添加，徐江臨和許路年兩人則是負責巡視住院動物的部分。

兩人來到了一隻黃金獵犬的籠前，停下腳步。

乾淨的白鐵籠內正趴著一隻拉聳著眼簾休息著的黃金獵犬，門外則掛著一隻粉紅色的小紙鶴，和另外一些有黃有綠看不出來是要呈現什麼藝術的摺紙。

看著那看上去像是青蛙一般的摺紙，有一種直覺告訴徐江臨這是誰的手筆。

做完手邊工作的蘇澄湊過來的時候，就看見兩位醫師正盯著她的摺紙打量。

「這是梨花摺的紙鶴。」蘇澄撥弄了一下粉紅色的紙鶴。

「這是青蛙？」許路年指著一隻綠色的問。

「……那是我摺的紙鶴。」蘇澄小聲的回應。

她才不會說原本只有自己在折，梨花因為看不下去自己慘絕人寰的手技才幫著折了一隻範本。

「旁邊的是小兔子、長頸鹿、還有小豬。」蘇澄一個個的介紹自己的摺紙藝術。

徐江臨看著還有點祝福意味的漂亮粉紙鶴，在看看圍繞在紙鶴旁邊那一個個宛如詛咒之物的「青蛙們」，無奈的搖搖頭。

雖然這手藝八成是沒救了，不過不得不說的確是蘇澄那傻呼呼的風格沒錯。

能想到要在籠外掛上紙鶴來祝福的獸醫師助理確實就只有她了，雖然傻但卻讓人討厭不起來。

沒有在籠外的紙動物上關注太久，許路年打開籠子試探的摸摸波普的頭打招呼，「牠什麼情況？」

「兩周前因為體內發現不明團塊物住院，目前採取內科治療。」蘇澄說完後再看看平常總是調皮搗蛋歡騰的很，現在卻趴著一動也不動的波普有些遲疑道：「牠今天早上還很活潑，現在不知道怎麼了……」

「已經兩周了？」曾經看過滿地飼料還有蘇澄怒吼的徐江臨皺了皺眉後，直接上手朝波普的腹部摸去。

這一摸，讓他的眉頭更加朝中間聚攏，許路年見狀也伸出手進行確診。

他這一摸讓原本趴著的波普搖搖晃晃的站起，然後在大家的面前嘔出了一大口血。

三人：「……」

「準備X光室，我要拍一張腹部影像，然後把之前的影像調出來。」作為今日夜班負責人的許路年十分果斷的下達指令。

「我先給予止血藥劑、點滴保持血管暢通。」徐江臨也馬上動手幹活。

許路年看過波普兩周前的影像和現在的影像後表情嚴肅的抿起了唇，他看著黑白影像中那明顯大上許多的團塊問道：「波普的負責醫師是誰？」

「林辰東。」

「聯絡他到醫院一趟，這情形要請他處理。」許路年揉揉眉心開始想著要怎麼做緊急處理。

「嘔嘔——」聯絡醫生的短暫時間，波普再度難受的吐出一大口血，染的整張嘴和胸口都是斑斑血跡，原本精神的牠現在萎的隨時都可能倒下去。

「聯絡不上，他關機了。」蘇澄小跑著過來報告。

「徐江臨，聯絡波普的家屬，現在要進行緊急手術。」許路年當機立斷的坐著總指揮，「取得同意後就到手術室來，蘇澄上過刀嗎？」

「上過。」蘇澄點點頭後馬上朝手術室跑去做器械準備，離開前他還特別在波普的籠前打氣，「波普加油！許醫師和徐醫師都很厲害，你會沒事的。」

聯絡上在外地無法趕來的家屬，取得手術同意後，徐江臨和許路年一塊將波普一入手術室，準備將導致出血的腫瘤摘除。

腫瘤摘除的過程很順利，出血也控制在了小範圍，但是周邊組織和腫瘤的沾粘，還有組織的變異都顯現那顆腫瘤已經蔓延並波及到其他器官。

還需要進行內科治療及術後的觀察，目前只能先止住不停導致出血的原因。

值了一夜雞飛狗跳的夜班，結束手術時天空已可見明顯的魚肚白，第一次值夜班就遇到這麼多事情，再加上生理時鐘不習慣的緣故，蘇澄的臉色已經開始有些難看。

看著宛如被掏空身軀的蘇澄，正準備駕著自己的空殼去整理器械的時候，徐江臨將人攔了下來，「器械我來清洗，妳去旁邊休息。」

「幾個小時後還要去學校報到不是嗎？東西放著，先休息一會吧！」正在調整波普術後藥劑的許路年也把蘇澄往休息的地方趕去。

清潔消毒完手術室、器械也整理好、病歷填寫完成的許路年揉著累的發脹的太陽穴往休息室走去。

一推開休息室的門，許路年還來不及拉張椅子坐下，就看見徐江臨衝著自己比了個噤聲的手勢。

自己到底為什麼要排這麼兩個人在同一班，讓自己忌妒青春的美好？

質疑人生歸質疑，許路年還是點點頭比了個ok的手勢。

好好好，別吵到她睡覺，他懂的。

真是的，自己是這麼不解風情不識時務的人嗎？要他現在把休息室只讓給你們兩個，都行啊！

遠遠的，許路年在不打擾到任何平衡的情況下，在靠門的沙發椅坐下，頭疼的準備早晨的開會，還有要如何解釋自己越過主治醫師臨時動刀的事情。

另一端在窗邊微亮的晨光下，蘇澄正斜靠在徐江臨的肩膀上熟睡，而徐江臨則是維持著不太舒適的姿勢就這麼任由人當作靠枕，安靜地低頭看著手邊的病歷資料。

偶爾徐江臨聽到身邊的人小聲的嘀咕聲，還會露出淺淺的笑容。

「波普，好起來就不扣你肉乾了……肉乾吃到飽。」

「笨蛋。」

第六章　比起大熊更喜歡企鵝

許多大學的報到日都選在這一天，A市的中央大學也不例外，不管是什麼科系，日間部或是夜間部，所有的大學新生都會在這一天湧入校園，和新同學老師見面。

大大的花球、彩球，圍繞著拱門的彩帶，還有空中不時響起的禮炮低鳴聲，都透著一股欣欣向榮的熱鬧。

時隔兩年終於考到夢想科系的蘇澄，在踏入學校大門的那一刻還特別深吸了一口氣，露出燦爛的笑容。

自己也終於踏出成功的第一步，有一天一定會趕上你們的！

在學長姊的指引下，蘇澄來到了位於東側的獸醫學系館，由於今天統一報到所以教室裡坐滿了不論是夜間部或是日間部的學生。

但是同學們好似很有默契的，已經主動把日間和夜間分成前後座位。

蘇澄才剛找到自己的名字在第一排最靠後靠門又靠窗的位置坐下，坐在他前頭的男同學就轉過了頭。

「你好，夜間部南靖衍。」

「夜間部蘇澄。」

南靖衍臉上帶著眼鏡，白皙的皮膚讓他更多了點書卷氣息，他的社交能力也很強，才剛跟蘇澄打完招呼馬上又就和其他鄰座聊了起來。

「咳！」

熱鬧不已的班級，因為一名穿著西裝的中年男子走入並輕咳了一聲，瞬間安靜下來，且原本還四處打招呼湊熱鬧的同學也馬上回到了自己的位置。

「首先恭喜你們成為大一新生，我是夜間部的班導，何嘉樂。」

「日間部的導師今天有事情，所以由我代表來說一些新生注意事項。」

接著的新生注意事項，其實不外乎就那幾項，恭喜你們跨過人生的另外一個階段，從現在起你們就算是個大人了，以後未來更多事情都要為自己的決定負責等等。

短短的演講很快速的結束，接著他看了下錶說：「有幸請到一名任職中的獸醫師，來給大家經驗分享。他也是經驗豐富的實習獸醫指導老師，掌聲歡迎。」

在零零落落的掌聲中，一雙修長的腿跨著大步子從前門走上了講台，來者身形高挑，好看的五官和有點難以接近的冰山感讓下頭的同學看著突然噤聲，只剩下一些被來賓勾起興趣的女同學交頭細語。

蘇澄抬頭看到人，在和那雙深邃的黑眸子對上的時候，正在喝水的她水都差點直接喝到肺去。

徐江臨？

剛剛導師不是說實習獸醫師的指導老師嗎？

這種情況怎麼想都會是許路年比較合理啊……

蘇澄坐在最後頭的豐富腦內活動，全都給站上講台的徐江臨看在眼裡，他用眼神明示蘇澄最好什麼都別問。

懂！問了就是小貓咪會生氣對吧！

會意過來的蘇澄悄悄的豎起一個大拇指。

努力讓自己看起和藹一點的徐江臨掛上淡淡的淺笑，只是他這一笑馬上就看見底下那顆橙子表情直接凝固在了臉上，然後又朝自己豎起另一隻手的拇指。

悟空你的笑容直接融化了冰山，改善了教室溫度循環，為師佩服。

不知道為什麼，總之徐江臨就是懂那個小笨蛋在表達什麼。

徐江臨：「……」

他現在好想先剝了那顆橙子，然後扭頭就去揍另外一個傢伙。

許路年你這個混蛋！

兩個小時前，許路年在他要離開艾奈盟的時候突然小跑步過來，那個步子急切地讓徐江臨都忍不住主動迎了上去。

就見喘著氣的他手裡捏著一個文件，他指著文件道：「蘇澄的東西落下了，少了這個東西今天可就不能報到。」

「不能報到她就不能成為獸醫師了。」許路年邊說邊將手裡的文件往徐江臨身上塞去。

然後徐江臨就帶著資料來到了大學，準備問獸醫館在哪的時候，引導人員一看到他手裡的文件……正確來說要稱之為邀請函，不用他開口馬上就把人給帶到了正確位置。

到了教室門口，穿著西裝的班導師馬上熱絡的和他打起招呼，這時他才知道那混蛋塞到自己手裡的是什麼玩意兒。

「許醫師嗎？」

「……他今天死咳！」差點脫口而出許路年死了的徐江臨趕忙改口：「他今天臨時有事情，我代勞。我是艾奈盟的獸醫師，徐江臨。」

接著就是眼前自己站在台上，接受蘇澄拇指和眼神調戲，還有下面一大群興致勃勃的大一新生的狀況。

輕輕在內心嘆了口氣，毫無準備的徐江臨想到他當年聽過的經驗分享，再結合自己的經驗開口。

「或許有一天你們會後悔成為獸醫師。」

徐江臨這一句話的暴擊，讓台下原本還和隔壁桌小聲私語同學頓時都將注意力移到了他身上。

移到他這個第一句話就講的好像自己已經後悔當初選擇獸醫師的現任獸醫師身上。

講完第一句話，徐江臨的腦海中突然浮現出那天在遊樂園，雖然陽光很刺眼但卻比不上眼前那張閃爍著光芒的笑臉。

「但是千萬不要忘記當初選擇這條路那個閃閃發光的自己。」

「有一個朋友曾經對我說，獸醫師很厲害。」

「動物和人不一樣，無法清楚的告知自己究竟那兒不舒服。獸醫師只能憑藉著經驗去判斷。」

「還常常遇到對於毛孩子狀況一問三不知，彷彿第一天把寵物接回家養一般的飼主。」

「不願意花費半毛錢做檢查，希望獸醫師能靠第六感得知所有的血檢狀況，就像用了超能力一樣。」

「做了治療到了收費階段，認為收錢表示醫師沒愛心沒醫德的人也比比皆是。」

「各種各樣的事情都在打擊著當初興致高昂做出選擇的醫師們。」

徐江臨恰到好處的說話速度，還有他溫溫潤潤的嗓音讓所有人都願意仔細聽著他說話，只是這話蘇澄怎麼聽都覺得很熟悉。

聽到這好似出自於自己嘴裡的話，現在換了個面貌被徐江臨記住，她的心頭有點暖洋洋的。

「可是你們卻依然願意成為獸醫師，依然願意用心傾聽，認真的去解讀所有不易察覺的訊息。」

「如果以後後悔成為獸醫師，那麼就想想當初經過多少努力才得到機會坐在這裡的自己。」

「追上來吧！成為一名能獨當一面的獸醫師。」

最後的這句話，明明該是對著全班說的徐江臨，蘇澄卻感覺到對方的目光都在自己的身上。

她衝著台上的他咧齒一笑。

再等她一會，馬上到！

「有問題要提問的嗎？」

徐江臨稱職的說完後，在大家好奇的目光下讓人可以儘管提手發問，不過想了半秒鐘似乎又覺得麻煩，馬上單方面結束話題，「沒有的話謝謝大家。」

呵呵，徐江臨肯定是覺得回答問題太麻煩，就趁著大家思考期間直接宣布解散。蘇澄用膝蓋想就知道徐江臨的想法。

不過就算講師已經轉身準備下台，但是在同學的簇擁下，有一名女性勇者舉起了手發問：

「醫師我有問題。」

「嗯？」徐江臨停下腳步返回講台。

「徐醫師單身嗎？」

就跟大多數人料想的問題一樣，演講結束後這群小年輕總是要來探一探底細，尤其是長得好看的人的底細。

還沒等到徐江臨給出任何回應，下一個問題再度抛出來。

「喜歡什麼樣類型的女生或是男生？」

清清嗓，徐江臨半分窘迫或是為難都沒有的啵的一聲打開麥克風音量鍵。

「對於這兩個問題我統一回答。」

徐江臨對台下展顏一笑，那好看的笑容立刻觸動蘇澄的敏感神經，她有預感再來的回答肯定不是什麼好話。

「我喜歡狗。」說完後，徐江臨沒等底下人反應過來，關上麥克風逕自的走出教室，結束代班。

「哈哈哈哈哈……」蘇澄一下子沒忍住直接輕笑出來。

同時笑著的還包括剛剛問出那些問題的女同學們，原本清俊帶點冷的徐江臨在她們眼中頓時多了股不一樣的味道。

叮叮叮！

徐江臨前腳剛走出教室門，蘇澄的手機立刻收到徐江臨發來的訊息，內容很簡單，只有六個字。

「不準笑！小汪汪。」

看著那封訊息，蘇澄露出了笑容，其實今天在這裡看到他還真的挺高興的。

好像自己看到了目標上的大標的一般，讓人感到安心。

只是笑著笑著她突然想起了稍早自己不小心汪了一聲的事情，徐江臨剛剛那小汪汪是在說自己是狗嗎？

然後他說他喜歡狗……我靠！徐江臨原來口味這麼重的嗎？

徐江臨走後蘇澄的小腦袋仍不停運轉，不停發散腦思維，直到宇宙爆炸創造出許多不可思議的假設。

特別來賓離開後，班導師重新回到講台上，拿著手裡的資料毫無感情的棒讀著。

蘇澄起初還能稍微提起精神跟上那一板一眼的節奏，可是漸漸地漸漸地就沒有然後了。

「下周開學不知道課會不會很難。我聽說化學系有一個學長很好看，在熱音社，要不要一起去社團招生的地方看看？」

「好啊！我對熱音社也蠻有興趣的，我高中可是人稱第一女歌姬。」

「南靖衍下周見！」

「我們群組聊。」

「掰啦！有事情群組見，隨時給我發消息。」

安排在中午以前結束的新生報到順利在時間內落下帷幕，教室的同學經過一個白天的認識，有些已經快速的建起友誼的小橋梁，三三兩兩相約著續攤。

很快的教室就只剩下走在最後的南靖衍，他要離開空無一人的教室時，頭一回就看見還有一個小腦袋趴伏在桌面上，睡得十分熟。

剛剛熱鬧的散會都沒能影響到她半分半毫。

「蘇澄？醒醒。」南靖衍輕喚了聲。

沒得到任何回應，南靖衍要伸手輕輕拍拍人將人拍醒時，手才剛伸出去便看見蘇澄露在外頭的手，交錯著幾條或新或舊的貓抓痕。

有些抓痕只剩下一條淺淺的淡白色痕跡，有些還透著正在長膚的粉，更有兩條彎曲的傷口，還帶點暗紅色的血痂。

那最嚴重帶著痂還有些紅腫的傷口外頭已被仔細上過藥，有著一層薄薄的反光。

看上去不是養了很多凶暴的貓咪，就是在有很多凶暴貓咪的地方工作啊……這手可真多故事。

看著那雙努力過後的手，南靖衍收回了要把人拍醒的手，在椅子上坐下，端詳起了今天剛認識的新同學。

正午的陽光從窗簾的縫隙穿透進來，照在蘇澄的髮梢上閃著淡淡的咖啡色，黑色的長睫毛輕輕地顫動著，空氣中的塵有些落在了她的眉眼間清晰可見。

大大的眼睛閉上後成了條長長的眼線，或許是睡眠不足讓她的眼下有著淡淡的黑痕，熟睡中的她就像個孩子一般的毫無妨備。

「波普你要好起來，我再也不氣你踢碗了。」熟睡的蘇澄輕輕地皺了皺眉，嘴裡也小聲咕噥著。

「要好起來，然後跟愛你的爸爸媽媽回家。」

原本還靜靜聽著內容去猜眼前的姑娘究竟夢到了些什麼的南靖衍，突然被下一句話風突變的話搞得一愣。

「約翰不要一直吃炒麵，要多吃水果蔬菜。不然會便秘！」睡夢中的蘇澄用著嚴肅的口吻煞有其事地叮囑著。

「哈哈哈……」南靖衍低低的笑了幾聲，她還真是有趣。

「約翰是狗狗還是貓咪呀？」

「是山羌。」

原本沒打算得到回應的南靖衍突然聽到一個清冷的男音回答自己，他嚇得拍拍自己的胸口呼出口長氣。

「徐醫師？嚇死我了。」南靖衍緩過氣後他接續著山羌的問題，「山羌吃炒麵嗎？」

「不能吃嗎？」

徐江臨揚揚眉，讓南靖衍覺得自己是不是真的問了個傻問題。

能吃嗎？

不過他仔細思考後，從自己的腦內資料庫中調出了關於山羌的資料，確認一般山羌確實不會吃炒麵。

「我記得山羌不會吃炒……」

「噓——」徐江臨沒有繼續回復南靖衍的糾結，而是將食指底在唇間，讓他先別吵醒蘇澄，「昨天值夜班，再給她睡會。」

看著斯文的南靖衍還有睡得毫無妨備的蘇澄，徐江臨想起了許路年稍早悄聲和他說的話。

他說：「大學生活很繽紛，你動作慢了，蘇澄可就跟別人跑了。」

當下徐江臨只覺得許路年邊說邊眨眼睛，用著一副「你懂的」的口吻很莫名其妙，但是現在他居然有了一點危機感。

好像已經不行說跑就乾脆地讓她跑走……

雖然有時候她很讓人火大，但是面對著她卻讓人生不起氣來，看著她笑就想跟著笑……

這就是喜歡嗎？

看著睡的嘴巴微張，還不停在絮叨著的蘇澄，徐江臨突然很認真地分析起，自己對對方的情感該稱之為什麼。

在徐江臨還理不太清楚自己對蘇澄的感情究竟到達什麼地步時，南靖衍透過徐江臨的話分析出了他們倆都在艾奈盟裡頭工作。

「我以後會申請到艾奈盟實習，然後成為正式醫師。」南靖衍坐在桌子一角，對著徐江臨笑得很自信。

「喔？我很期待。」

「就像你說的要我們追上去。」

徐江臨勾勾嘴角毫無心理壓力的直接把某實習生負責人妖魔化，「那你可要努力點，我們的守門人可是個暴君。」

遠在艾奈盟該開完晨會，解決一堆亂七八糟事情的許路年直接打了個大噴嚏，他的直覺告訴他這麼個大噴嚏一定是認識的人在咒他。

肯定就是徐江臨……那沒事了，反正今天也挖了坑給他跳，等等！才不是坑，自己是在幫他和蘇澄。兩人進展這麼慢，看的自己這個外人都揪心起來。

在不出手快點，大學生活這麼美好，好看的男同學這麼多，小心到時候都沒地方哭去。

理順噴嚏的由來後，換上便服的許路年提了一袋子熱粥、布丁等適合感冒病人的吃食，便往林莉亞家的方向走去。

叮叮叮！

徐江臨瞥了眼手機，就看見今日害他在這裏的那人發了一個大大的加油貼圖。

「加油！」

「滾。」徐江臨回的十分乾脆。

那手機的鈴聲直接將還在說夢話的蘇澄驚醒，她猛的一抬頭第一句話就是，「不小心睡著了，上班該不會要遲到了。」

也不看看周邊還有沒有其他人在，臉上被自己睡出一條紅色壓痕，意識還沒有非常清醒，仍迷迷糊糊的蘇澄繼續嘟噥：「晚到肯定又有人要兇巴巴！」

「嗨，早安。」南靖衍彎了彎眼。

揉揉眼看清楚自己還在大學教室裡頭，今天也不用值班，眼前新認識的男同學還和善的對自己招招手，蘇澄感到有些不好意思地抓抓頭。

「我都忘了，今天放假。」嘿嘿自嘲的笑了兩聲，蘇澄的頭一扭就看見靠在門邊，面無表情盯著自己看的徐江臨。

一瞬間被蘇澄睡丟的靈魂嗖的一聲全都歸體，不確定自己剛剛的兇巴巴有沒有指名道姓的蘇澄，決定先來挽救一波。

「……不兇不兇，你人最好了。」蘇澄說得十分誠懇，要是能給自己的真誠打分絕對是滿分。

徐江臨：「……」

他改變心意了，愛跟誰跑跟誰跑吧！

和南靖衍在教室門口分開後，蘇先是大大的伸了一個懶腰，接著踏著愜意的步子往大門口走去，邊走她轉過頭問著後頭的徐江臨。

「你把我去遊樂園玩的話都記住了？」

「嗯。」

看到人誠實的點頭，蘇澄反而有些不好意思，她停下腳步信誓旦旦的對徐江臨立下約定，「我會追上去的。等著！」

「反正我都等這麼多年了，不差這點時間。」

「很快的！」蘇澄笑出大大的笑臉。

她很快就會追上去的！可要小心別被超越呢！

看著那張透著乾淨純粹，沒有半點雜質的笑臉，徐江臨覺得自己的心又在作怪，咚咚咚的突然快上許多。

或許是天氣風光明媚，眼前的人兒讓人賞心悅目，他看著蘇澄脫口而出：「如果不討厭我，妳願意選擇我嗎？」

不要選擇其他人，就只認真地考慮我。

徐江臨在說這話的時候，恰巧一陣風捲著落葉沙沙而過，還夾雜著其餘三兩成群的學生笑語聲，因此這段話傳給了蘇澄後就只剩下徐江臨那專注的看著自己的雙眼。

「……抱歉，你說什麼？」蘇澄試圖讓人重新再說一次。

搖搖頭無奈的笑了下的徐江臨幾步便越過還不停追問，試圖讓自己再說一次而跟在自己旁邊不停探頭探腦的蘇澄。

「你追上來，我就告訴妳。」

追上來我就告訴妳，那連我自己都摸不清楚的東西是什麼。

或者妳願意等我追上去嗎？

「徐江臨，你耳朵好紅。」蘇澄東看西看嘗試撬開人嘴的時候，突然發現徐江臨的整個耳朵像著火般通紅。

「被莉亞傳染感冒了？」

「徐江臨，你把話再跟我說一次，或許感冒就不會找上門了。」

「呵呵，作夢。」徐江臨伸手一把將越湊越近，耳朵都快往自己臉上貼來的蘇澄推開。

「你這樣會有報應的。」

「……我最大的報應就是遇上妳。」徐江臨仔細想了下直接一句話堵了回去。

要不是當初跟妳做了約定，自己才不會一頭往動物堆裡紮去……

不過也還好遇見了妳，現在才有機會作為妳的目標重新認識妳。

「徐江臨你幹嘛突然笑起來。」蘇澄下意識地又想到了那天被廣播呼喚去的時光，那時候徐江臨也是這麼笑的。

「……我沒笑。」徐江臨壓下有些翹起的唇。

兩人邊拌嘴邊往校門口走去，走到接近校門口的時候，徐江臨突然發現剛才還聒噪的很的蘇澄突然不說話了。

還沒等她詢問，就見蘇誠突然加快腳步從自己的身側越過朝校門口的地方飛快走去。

在學生聚集的校門口，有一個身著筆挺襯衫西光褲黑色輛皮鞋，頭髮梳攏的十分整理，臉上帶著時髦的墨鏡，手裡還抱著一個大熊布偶的男子正笑開嘴對著蘇澄揮手。

徐江臨一眼就認出來那個男子就是那夜在蘇澄家門口，惹得蘇澄失去笑容的男人。

看到蘇澄加快腳步的向他走去，徐江臨原本伸出手來要將人拉住，但是慢了一步只擦著袖子而過。

看著蘇澄停都不停的走過去，徐江臨承認自己的心亂成了一團，他擔心她會走上去順理成章地接過那個大熊，而自己會直接從她的選擇題中消失。

「蘇……」

「沒事。」聽到聲音的蘇澄轉過頭對著眉頭輕輕扭在一起的徐江臨，露出她慣有的微笑。

看到那笑容徐江臨原本有些慌亂的心瞬間被安撫下來，讓他不自覺的摸了摸剛剛突然加速現在又重歸於平靜的胸口。

轉過頭後，原本還笑著的蘇澄笑容直接消失，她現在比較想翻一個大白眼。

相較於徐江臨的心亂，蘇澄的心現在也很亂，煩亂的那種亂。

她以前怎麼就沒發現這個男人這麼纏人，以前交往的時候他不是說一句在忙，自己就連屁都不敢放一聲。

現在自己都已經說過以後男婚女嫁各不相干，還能不能遵守一下社交禮儀？

怎麼走到哪都能看見他……

原本蘇澄快步地朝陳立安走去是想說點什麼，但是看到對方看著自己靠近而越發燦爛的笑容，還有他居然已經一手搭在副駕駛的車門上準備替自己開門的動作，蘇澄馬上改變主意扭頭就往一旁道路走去。

看到那居然已經拉開的車還有陳立安一副勢在必得張開手要給自己擁抱的動作，蘇澄馬上眼皮一跳又更往接到邊緣靠去，讓一個人演著獨角戲的陳立安異常尷尬。

「你看這個人在幹嘛？」

「該不會是被人甩了，現在腆著臉要求復合，然後正在練習吧？」

「超怪……」

一旁的女同學也同樣被陳立安的舉動搞得皺眉，在一旁不住的私語著。

發現自己的舉動完全被蘇澄給避讓開來，陳立安在蘇澄後面喊著，「這是妳最喜歡的大熊玩偶！妳以前說妳很想要的。」

「蘇澄妳過來這玩偶就送妳了，妳要去哪我開車送妳。」

……過去就給獎賞，當喊狗啊？

就沒有人能把他的棺材板釘死嗎？

蘇澄現在只想回頭把那玩偶塞進他的嘴裡，再把人滾進車輪下。

陳立安發現蘇澄仍假裝沒看見自己一般地遠去，他腿一跨手一伸就準備直接將人拉住。

只是他手一伸就直接撞上了突然閃出來的一位年輕男子身上，那男子身高和自己差不多，穿著舒適的襯衫長褲球鞋，面無表情地看著自己。

「讓開。」陳立安原本還面帶溫和笑容的臉立刻龜裂，現在臉上只有滿滿的不耐煩，他不停的想越過徐江臨去察看蘇澄的位置。

「你擋住我了。」陳立安發現不論自己怎麼探頭，眼前人總能恰到好處的擋住自己所有的視線，立刻對徐江臨嘖了一聲，「閃遠點。」

「你想和我爭？」陳立安看著徐江臨開口。

「人鬼疏途。」徐江臨現學現賣將林莉亞的交友概念貫徹。不得不說前任已死這種概念他現在挺推崇的。

「……啊？什麼毛病。」陳立安更加沒耐心了，眼白都直接翻了出來。

徐江臨眼尾餘光瞥見蘇澄已經完全消失在巷口，他這才退開一步並且看著陳立安手中笑容可舉的大熊玩偶揚眉。

「蘇澄她不喜歡大熊，她喜歡企鵝。」

說完，徐江臨沒和一把將大熊扔進後車廂，甩上車門的陳立安多做糾纏，他順著蘇澄離去的方向追了上去。

長長的紅磚巷後頭連接的是一條人聲鼎沸的熱鬧大街，徐江臨一走入大街一個溫熱的提袋立刻貼臉而上。

香甜暖和的氣味不停地從袋子裡散發出來，後頭是蘇澄笑咪咪的臉。

「請你吃。」

見人看著自己沒反應，蘇澄手裡墊了張面紙後直接拿起一塊奶油味的紅豆餅就往徐江臨嘴邊湊。

剛剛無論是徐江臨發現她被人糾纏而加快腳步靠過來的樣子，或是假裝不在意擋住陳立安朝她伸手的舉動，不停調整身體角度澈底擋住陳立安視線的模樣，蘇澄全都看在了眼裡。

「很甜很好吃。」蘇澄再度勸誘。

徐江臨看著都已經碰到自己唇上的奶油紅豆餅，低頭張開嘴咬了一口，有些酥脆的餅皮搭配著香甜的奶油餡盈滿整個口腔。

原本以為徐江臨會用手接過的蘇澄直接被他的動作給震驚的愣了愣，她沒想到他會直接低頭就咬。

低頭時微微落下額前的黑髮，輕啟的唇還有吃東西的吸氣聲，手裡紅豆餅被微微撕扯咬斷的感覺都清晰仔細的傳給了蘇澄。

指尖稍微被那唇瓣給碰觸到，自指頭傳來的麻癢讓蘇澄不注意的手一抖就這麼蹭了點奶油到徐江臨的嘴角。

徐江臨也不在意，他隨興的用拇指將奶油抹了起來，直接送入嘴裡，隱約可見他還用舌頭輕巧的抹了下指腹。

高清美好的畫面讓蘇澄覺得此刻該有粉紅泡泡出現來襯托一下徐江臨的餵食秀，而且親手餵的優越感爆棚。

她這麼幸福會不會下一刻就死掉？

「妳不吃？」

看著蘇澄一臉傻樣，徐江臨忍不住想要捉弄人一下，他說著的同時輕輕的將蘇澄手裡那個自己咬過一口的紅豆餅往她的方向推了一下，結果眼前還活在自己世界的小傻蛋果然就直接咬了一口。

「……」蘇澄覺得自己好像做了什麼不得了的事情。

直到嘴裡不平整的口感，還有飽滿的餡料跑進嘴裡她這才回過神來。

「會不會懷孕？」蘇澄眼巴巴的看著徐江臨脫口就是這麼一句。

「……」原本要捉弄人的徐江臨突然無言以對，對於大學篩選學生的標準尤為懷疑。

「說笑的，我才沒有口水病。」蘇澄笑了下後又對著紅豆餅咬了一大口，然後得意地的看著徐江臨，「讓你失望了啊！」

表面上吃的雲淡風清的蘇澄其實內心早就炸開了鍋，內心小野獸不停地撞著柵欄，嘶吼著要跑出來溜彎。

握草！剛剛那個算什麼？徐江臨幾個意思？難不成有看別人吃自己吃剩的東西的嗜好？

蘇澄覺得自己越來越摸不清楚徐江臨在想些什麼了，不過感覺還不壞。

看著蘇澄蠻不在乎的將自己咬過的紅豆餅吃掉，徐江臨接過那一大袋看起來有三人分的紅豆餅，轉身朝熱鬧的街區繼續走去。

轉過身的徐江臨舉起手用力的揉了揉有些發熱的臉。

他怕他再待在蘇澄的眼前，難保會被對方發現自己的失態，這傢伙實在太會挑逗人心了。

「徐江臨你只能再吃一塊，剩下是我買給莉亞吃的。」發現紅豆餅被搶走的蘇澄立刻追了上去。

「蘇澄。」

「嗯？」

「妳喜歡大熊？」

徐江臨的這話讓蘇澄馬上想起他替自己擋下陳立安的事情，她笑咪咪地回答：「我現在更喜歡企鵝。」

陪著蘇澄到處買東西，預備要帶到林莉亞家的吃食，逛著逛著隨著手裡的東西越來越多，徐江臨忍不住想問一件事情。

林莉亞平常都吃這麼多嗎？

手裡提著四人份的速食、四人份的烤肉、四人份的炸雞、四人份的紅豆餅、四人份的豆花……雖然所有東西都是四人份，算上自己、蘇澄、林莉亞和許路年，人數對是對了但是總量好像有哪裡不對勁。

「蘇澄，你們平常吃這麼多？」徐江臨看著自己提的滿滿噹噹的手，而蘇澄還有打算買下一家的趨勢，攔住人問著。

「我還算了你跟許路年的份。」

「……吃不完的。」

妳一定是對男生的食量有著什麼誤解。

「再買個飲料就差不多了。」徐江臨趕緊將食物購買行程畫下最後句點。

中午的大太陽曬的所有行人紛紛閃避到室內，看著飲料店前三五組客人的等待行列，徐江臨站在一旁的樹蔭下看著自告奮勇的蘇澄去排隊買飲料。

然後看著蘇澄被三個互相推來推去的大學生搭訕。

再看著蘇澄有些為難的和他們交換了通訊方式。

「……」剛剛是不是他去買比較好？

全程目睹但是插不上手，也沒資格管別人交友狀況的徐江臨只能一個人在樹蔭下，越等臉越黑。

蘇澄提著飲料回來，一看就是突然不說話的徐江臨，還有他那看著自己想說什麼但想想又算了的臉。

他內心的小貓咪又受到什麼刺激了？

「你怎麼了？」跟在大步走在前頭的徐江臨一步之後的蘇澄莫名其妙地問著。

剛剛離的那麼遠不會被發現了吧？

蘇澄的小心思是希望剛剛和那些男孩子交換通訊方式的事情，徐江臨不會發現，但是現在看起來他好像生氣了……而且很生氣。

「唔……對不起。」猶豫了一下，蘇澄還是決定道歉。

「為什麼道歉？」徐江臨轉過頭問著。

他是真的不懂蘇澄為什麼樣跟自己道歉，想了想可能是自己的心情影響到對方了，徐江臨嘆了口氣後決定稍微解釋一下別讓眼前這顆橙子胡思亂想。

「抱歉，如果是我的態……」

「我不應該給人通訊方式。」蘇澄打斷徐江臨的話，而且越說聲音越小頭也越低，到最後幾乎只剩了嘀咕聲：「我不應該把你的通訊方式當成我的給他們。」

「……」徐江臨覺得自己好像從那小小的耳語中捕捉到了什麼重要訊息，「你把我的通訊方式給了他們？」

好像為了印證蘇澄的話，徐江臨的手機突然很合時宜的叮叮叮了幾聲，幾個用著陌生男人頭貼的帳號發了問候訊息給他。

其中幾封還帶有著明目張膽的意味，徐江臨黑著臉一個個把人直接拉黑。

「你別生氣，下次我會給許路年的。」蘇澄小心翼翼地說著。

徐江臨：「……」

「啊啊啊！徐江臨放手，我的頭要被你捏壞了！你再不放手要失去我了！」

已經無法再跟蘇澄多說些什麼，徐江臨直接一把捏住蘇澄的頭讓人捂著頭嗷嗷直叫。

他剛剛也是白糟心了，這傢伙就是個沒心沒肺的笨蛋。

許路年一打開門，看到的就是當作自己家一般開心走入室內的蘇澄，還有後頭跟著手裡提著大包小包吃食的徐江臨。

「什麼情況？」許路年稍微點了點他手裡拿著的東西。

四串烤魷魚、四人份章魚燒、四人份的速食、四人份的烤肉、四人份的炸雞、四人份的紅豆餅、四人份的豆花還有四杯加大加量的巨無霸飲料。

……餵豬啊？

「蘇澄說你吃的完。」徐江臨面不改色地說著謊。

雖然蘇澄說的是自己跟許路年的份，但是徐江臨半點都不覺得自己能夠吃完，所以他稍微改了改。

「這句話有錯字。裡頭的你應該要換成大家……然後大概吃不完。」許路年光是看那份量就覺得胃脹。

「自信點，把大概去掉。」徐江臨善意的提醒。

接過徐江臨手裡大半手提塑膠袋的許路年打趣地說道：「你昨天還是冰山，今天當工具人這麼澈底？」

「……」徐江臨思考著這時候叫他閉嘴會不會被關在門外。

「喜歡蘇澄？」許路年好整以暇的笑問著，他直接把人堵在了門口盤問。

「喜歡。」徐江臨意識到自己對於蘇澄是喜歡的時候，就決定坦率的面對自己。

喜歡就是喜歡，沒什麼需要憋在心裡不說出來的。

就不像某人，差點都把女朋友給追丟了。

「……你這麼乾脆，讓我後面的調戲很難說出口啊！」

進到室內，林莉亞的感冒已經好上許多，只剩下些許的鼻塞和卡嗓。

帶四人都在桌子旁找到位置坐下後，林莉亞插起許路年幫她處理成小塊的烤魷魚，邊吃邊追問剛才和許路年說到一半的話題。

「你們清晨急診把林辰東負責的患犬臨時動刀？」林莉亞一口魷魚一口冷飲半點都沒有大病初癒該有的樣子。

徐江臨看著林莉亞一口一塊魷魚的優雅吃相，再看看坐在自己旁邊拿起一串張口就咬，吃得像松鼠兩頰鼓鼓嘴角還沾著醬汁的蘇澄，他覺得也是挺可愛的。

不得不說對一個人心態上的改變，連同審美都能一起校正。

「……」對面的兩個人你們夠了喔！

許路年看到徐江臨居然對蘇澄露出了關懷與包容的眼神，害他看的忍不住一顫。

徐江臨你今天出門是不是搞錯人物設定了？你眼裡的高冷看人不屑一顧，那種睥睨天下的冰塊感呢？

將眼神移開到莉亞的身上，許路年繼續他的服務，將食物都弄成適合一口吃的大小，手中動作不停嘴裡也是。

「想到那台刀我就火大，今天早上開會的時候，林辰東那白癡居然跳出來說我未經過他的允許，擅自更改他的醫囑。」

「說甚麼內科治療還未滿兩周，擅自動刀會造成無法挽救的影響。」說到來氣的地方，許路年大口喝了口飲料緩緩，「那時候不動刀才是無法挽回。」

「林辰東就這樣罵咧咧了一整場會議，全部都在彈劾我。」

「說什麼沒告知他還有為什麼不等到他上班再做決定。」

「等到那時候就涼了。」徐江臨遞了張面紙給蘇澄擦嘴。

「明明就是半夜聯繫他，手機還轉靜音，硬是不接電話！早上發現所有事情都處理好，就剩下需要他簽名的部分，自己樂得輕鬆還在那邊瞎嚷嚷，搞得自己好像委屈極了。」說著許路年還嗤了一聲，「開會結束他居然還當著所有人面前說，那狗以後我不負責了！換主治！」

「你怎麼回？」林莉亞問著。

「還能怎麼回，就當老人家在講古，我難不成還接著講下去。」許路年嘆了口氣，「最後我還是去申請將波普的主治醫師更換成我，那老頭才安靜點。」

許路年是真的搞不懂那傢伙在想些什麼，或許自己擅自動了他的患犬確實有這麼一點越過權限的逾矩，但是緊急情況下再等就只能通知林辰東還有家屬來收拾遺物了。

但波普的狀況確實不樂觀，從先前的X光片還有打開腹腔的狀況來看，腫瘤已經蔓延開來。

將主要出血的腫瘤拿掉後，還有觀察後續的狀況，能不能順利出院還是難說。

也難怪林辰東不想太早去碰波普體內那燙手山芋，能拖上一天是一天，現在或許他也樂得把案子轉到了自己名下。

出了事情也和他無關。

「林辰東剛剛也打了我的手機。」徐江臨插了一句話進去。

「該不會也跟你碎念一堆吧？」

「接起電話就掛了。」徐江臨也不太懂那通電話的意義在哪。

「那啥……騷擾電話嗎？響一聲就掛斷。」林莉亞噗了一聲笑了出來。

四人討論得熱鬧的時候，蘇澄的手機響起來了，是一個陌生號碼。

拿著手機蘇澄稍微走到一旁的隔間去接電話，只是一接通，話筒那端立刻傳來高聲的咆嘯，害得她趕緊將手機拿離自己的耳朵。

那音量高到連在旁邊持續聊著的三人都停止談話，眉頭一同皺了起來。

「蘇澄！」電話那端的林辰東聽起來很生氣，「我可終於聯絡上妳了！」

林辰東這句話，讓所有人頓時明白為何徐江臨會收到那通類似騷擾的來電。

「徐江臨咬不下去，挑軟了欺負是吧？」林莉亞對蘇澄勾勾手指讓人坐過來，大姐姐罩她。

電話那端持續高聲數落蘇澄昨晚急診值班的不對，「妳昨天晚上居然沒通知我，就擅自安排了手術。」

「醫院是這樣教妳做事的嗎！」

「可以跨過主治醫師的權限，自作主張？」

「住院部的助理就好好的換尿盆就好了！沒事給我添什麼麻煩？」

林辰東咆哮的音量越來越高昂，讓人聽了都不禁捏一把冷汗，生怕老人家的心臟會這樣吼一吼突然沒電。

「如果出了事情誰要負責？妳要負責嗎？啊？」

「狗死了都是妳的錯！」

全程的怒罵就在蘇澄一句話都插不上，被罵得一臉懵的時候又再度單方面的切斷通訊，最後還發出了好大一聲摔電話的聲響。

所有人：「……」

蘇澄看著顯示通訊時間為一分半鐘的手機，很認真地思考要不要打過去問問對方姓什名誰？

全程都只有飆罵，要不是自己剛剛有跟上許路年的話題還有徐江臨的騷擾電話，還真不知道打來的是誰。

「林辰東長本事了啊！」林莉亞啪嚓的一聲捏斷一把原本要分下去讓大家吃鹹酥雞的竹籤。

「柿子還知道要挑軟的捏？呵呵，下次開會看我不搞他。」許路年開始盤算下周的醫師會議，要不要針對他提出了病例報告提出幾個小小的建議。

隨後他咬了口魷魚撇撇嘴：「林辰東這老頑固也就嘴巴臭，他本人沒膽的很，別怕。」

「嗯。」徐江臨也點頭附和著，他回頭看著還看著手機發呆的蘇澄出言安慰，「蘇澄，別理他。」

「妳已經做得很好。」

喔？這兩人有戲？

看到桌子對面兩人的互動，林莉亞眼睛亮了亮，她用眼神示意許路年給她一個準確的判斷。

許路年用手指抵在唇間然後眨了眨眼，他這暗示馬上被林莉亞給完美解讀。

他們只要靜靜看著就好，讓那兩人慢慢發酵。

離開林莉亞家的回程路上，蘇澄自己一路，許路年和徐江臨一路。

兩個大男人走著落葉鋪蓋的道路上，聽著腳下的沙沙脆響，許路年問了句，「你喜歡蘇澄哪點？」

許路年原本以為得到的答案會很徐江臨，例如喜歡她可愛、直率、天真等等簡單籠統的形容詞。

沒想到對方給了他一個更加切實的答案。

他的唇角勾起淡笑著說：「我喜歡她笑容燦爛如陽。」

第七章　妳選擇我不好嗎？

艾奈盟的住院部依然熱鬧滾滾，精神較好的犬貓都大聲吠叫，抓撓著籠門想要出來溜搭一會。

「波普，你有好點嗎？」蘇澄蹲在三天前緊急手術的波普籠前問著。

「嗚嗚——」

波普將自己的頭輕輕靠在蘇澄的掌心上，發出討好的嗚聲，畫面很溫馨但卻讓身在其中的蘇澄抿了抿唇。

平常無論如何都先叫上兩聲再說的波普，從手術後已經過了三天的時間，依然是這樣病懨懨的，眼角拉聳著好似對任何人事物都提不起精神一般。

與其這麼乖巧的任由自己撫摸，查看傷口，蘇澄還寧願牠突然暴衝出來在住院部裡頭和她玩賽跑。

波普牠現在的狀況就和許路年說的一樣，只是沒有更糟糕而已，半點都稱不上好。

後續的治療相關事宜，還要等波普的家屬到醫院來的時候一塊說明。

只是她那時看見後許路年和徐江臨看到波普新出爐的X光片時，兩人的眉頭都皺了起來，好似看到了什麼不好處理的狀況。

可惡……好想趕快成為獸醫師，就能論理成章的一塊討論病情，而不是看到影像學診斷仍像個文盲一般啥都看不懂。

「波普，加油！」揉揉波普的大狗頭，蘇澄剛一起身就和慕梨花對上眼。

慕梨花直直地看著蘇澄，那宛如被蛇盯上的銳利感讓蘇澄下意識地抖了一下。

「你跟徐江臨在交往？」

「啊？」蘇澄腦門上立刻飄起了一個驚嘆號問號。

「我覺得徐江臨不錯，就是人冷了點。」慕梨花表示自己樂見其成。

「等等！我們沒交往。」蘇澄趕忙澄清。

這事情要是不小心從住院部傳出去，天知道那傢伙會不會直接擰開她的天靈蓋，他手勁可大可痛了！

「那就是他喜歡你。他看妳的眼神不一樣。」慕梨花對於自己的眼光很有信心。

那個徐江臨居然會用溫和的眼神看著一個人，那還是慕梨花從業這麼多年以來第一次看見。

所以她大膽推斷徐江臨那眼神要嘛是在看女朋友不然就是看心上人。

「不可能。」蘇澄十分肯定這是個不切實際的猜測，「徐江臨那天在經驗分享的時候，說他只喜歡狗。」

蘇澄永遠記得那天天氣正好，溫度舒適，採光極好的室內他對台下青春洋溢的女同學是多麼的冷酷無情。

「說不定他一直都是用看寵物的眼神在看我。」蘇澄給自己找出的正解點讚。

慕梨花看著遲鈍到不行的蘇澄，突然有點憐憫起徐江臨起來。

「那妳不喜歡他？」

喜歡徐江臨？

蘇澄突然很認真地思考起了這個問題。

如果和不喜歡比起來，當然是……喜歡。

喜歡他用手指輕輕撓著貓咪的頸脖，用手撫摸著討摸的狗狗，帶著聽診器認真且專注的模樣，喜歡他不經意露出的笑容。

「只是他喜歡狗。」想到這點，蘇澄原本冒出一點兒的小花朵直接萎掉。

慕梨花看見蘇澄居然沒有馬上否認，反而認真的思考起來，不用等蘇澄自己說，她便知道了答案。

但是聽到蘇澄最後一句話，慕梨花覺得自己還是別理這兩個彆扭到不行的傢伙，看了都讓人心急。

徐江臨只有在看見蘇澄的時候才會露出那萬年冰山照射到暖陽一般的淺笑。

而蘇澄就是個笨蛋，沒什麼好說的。

眼珠子一轉，慕梨花故意對蘇澄說了這麼一句，「妳不喜歡的話，那我就搶走囉！」

「不可以！」想都沒想蘇澄馬上急得整個人都要跳起來。

「哈哈哈哈，逗妳的。」慕梨花笑了幾聲後走上前拍拍蘇澄的肩膀，「我看好妳。」

蘇澄追著慕梨花的身後追問為什麼慕梨花會覺得他們兩人在交往的問題時，廣播在這時候不合時宜的響起，而且又翻了蘇澄的牌子。

「院內廣播，請住院部的蘇澄醫師助理，前往門診105室。」

「才剛說完人就急著找來了？」慕梨花撇了蘇澄一眼，還揊揊手讓人趕緊過去。

聽著廣播理的105室蘇澄有點疑惑。

那診間不是徐江臨的診間，會是誰喊她？

不一會進到105室的蘇澄馬上就知道發生什麼事情了……現在的老醫師都這麼閒嗎？

廣播呼叫蘇澄的時候，許路年和徐江臨剛好在同一個診間看診，兩人聽到廣播只是動作微微停了一下。

「不擔心那老頭為難蘇澄？」正給傷處纏繃帶的許路年問著。

「如果是蘇澄的話，那沒事。」

老實說徐江臨還怕林辰東被自己找過去的醫師助理給氣出好歹來。

蘇澄那張絕不姑息任何得寸進尺的客人的嘴他可是見識過，更何況他相信沒有人會去苛責一位優秀且認真的醫師助理。

「真要說的話……」徐江臨特別看了一眼許路年，「我覺得你帶實習的時候更可怕。」

「謬讚了。」許路年嘖嘖兩聲，「要手段不狠絕一點，可鎮不住那些年輕人。」

有一說一，許路年想了想說道：「去林辰東的診間看看也挺好的，雖然那個人脾氣臭了點，但是也是一個好醫師。」

「會躲起來偷偷哭的那種。」許路年就曾經看過一個大男人躲在樓梯後方哭鼻子，可憐到他都沒忍心直接路過，還特別給他帶了包面紙。

「……哭？」徐江臨覺得自己好像聽到了奇怪的字眼。

「表面上很硬朗，心底卻軟的一蹋糊塗。」許路年攤了攤手，「你一定沒看過他和實習生哭成一團的模樣，善後超級麻煩。衛生紙團都快淹到腳踝……」

診間103許路年和徐江臨一組忙著的同時，蘇澄正在診間105和昨天才有過衝突，還罵了自己一頓的林辰東面對面眼瞪眼。

林辰東是艾奈盟職業超過十五年的老牌獸醫師，對得起那個老字他臉上的抬頭紋還有魚尾紋十分明顯，讓原本就板著的臉顯得更加生硬。
年近中年身材不復以往年輕時精壯，如今有了點小肚腩，頭上的髮量也少了許多。
林辰東面無表情地看著蘇澄，好幾度張嘴但是都沒說出半個字來，最後只能扭頭，「哼！」
「……」
蘇澄開始認真思考這位前輩是不是就是為了哼那一聲才把自己叫來的。
整理好自己的心情，秉持著一事歸一事不把仇恨帶到下一件事情的蘇澄問著：「林醫師有什麼需要幫忙的嗎？」
林辰東依然又是那副想說些什麼但是開不了口，宛如強忍著什麼般便祕的態度，然後用眼尾餘光悄咪咪的看著手裡的病歷。
「……叫號？行！」收到暗示的蘇澄乾脆的走到診間外請主人和寵物進入。
看來今天和林醫師的門診時間會很漫長啊……
「血檢數據都填寫完畢，請問需要再多準備一份診斷證明嗎？」
「診斷證明準備好了，請醫師在這裡簽名。」
「診療台消毒完成，下一組客人我喊進來囉？」
「生化機器已經熱機完成，放射科那邊也有房間，隨時都能將寵物送過去。林醫師？」

林辰東原本想要藉著一同門診的時間好好教育一下前幾天才惹得自己不高興的蘇澄，但是奈何助理太優秀，半點毛病都挑不出來，甚至做事態度比任何他認識的醫師助理都還要確實。

不用等他開口只要一個眼神暗示，有時候甚至連暗示都不用，一回頭東西全部都準備完成，半點心思都不用他費，門診的速度如流水般流暢。

蘇澄原本以為幾天前在電話中罵的這麼兇的林辰東都是靠音量在取勝，本人可能沒什麼技術涵養，純粹倚老賣老。

但是跟在他旁邊協助門診，卻不得不高看林辰東醫師一些。

說句老實話，林醫師十足的經驗擺在那裡，很多連主人都沒看出來的細節全都被他輕鬆找到，有時候甚至不用主人開口述說情況，林醫師光看外觀就全面了解。

並且給予最適合的檢查方式和治療方案，更會關心到每隻寵物的不同，給予不同的飼養建議。

蘇澄和林辰東的視線在空氣中碰撞一秒，兩人同時感慨：「敵人太優秀真困擾。」

原本接續著前幾日的恩仇該是火藥味十足的對看，但這時候卻硬生生的看出了種惺惺相惜的味道。

中場叫號期間，林辰東再度看著蘇澄一副欲言又止的模樣，但最後還是只剩下了哼聲和撇頭。

「……」愣了下，蘇澄直接把哼哼怪林辰東給忽視，走道門口叫了中午休息前的最後一位客人，「號碼315小咪，請到105號診間。」

貓咪被放上診療台的時候，原本該是飽含光澤的毛皮此刻都乾枯的緊貼在身上，脫水已久的皮更是緊貼著肋骨，光用肉眼辨能輕鬆將肋骨數量數出。

貓咪的眼角布滿許久未清理的黃膿眼屎，牠頭低低的靠在診療台上，發出虛弱的咪嗚聲。

蘇澄看到貓咪顯然久疏照顧的模樣，不用任何人說立刻用著沾著生理食鹽水的棉花，輕輕的擦拭小咪的眼睛，清理過後那是雙漂亮的琥珀色雙眼。

只是本該光彩奪目的眼珠子，現在卻一片死氣的暗沉。

「幫我檢查一下，是不是傳染病。會不會傳染給家裡其他貓咪。」飼主直接告明來意。

「以前是流浪貓，看牠可憐好心收養，原本都好好的這幾天都沒什麼精神。」

「這隻貓咪也老了，已經好幾天不吃不喝，不知道是不是老化造成的。」

經過檢查，貓咪不是傳染病導致虛弱，是牠的腎臟出了問題，有著嚴重的腎衰竭。

腎衰竭如果治療了死亡率依然極高，但是不治療便半分希望都沒有。

「咪嗚——」小咪用頭輕輕的拱了拱林辰東靠在診療檯旁邊的手。

「咪！」

「陳小姐，小咪牠不是傳染病，是腎衰竭。腎衰竭的治療需要……」

「不是傳染病我就放心了。」小咪的主人直接打斷林辰東後頭要說的話，她放心的拍拍自己的胸口笑道：「小咪年紀也大了，我們不希望牠有太多的痛苦。」

「而且治療也不一定會好不是嗎？牠也老了。」

陳小姐話裡的意思十分明白，她並沒有治療的打算，只想確認不是傳染病不會感染給其他貓咪就行。

「醫師，牠年紀很大，熬不過治療。」

聽到她三番次的說貓咪年紀已高，蘇澄低頭瞥了眼病歷上寫著寵物年齡的那一欄，八年……也就是一隻八歲的貓咪。

雖然不年輕，但是跟老一點掛勾都沒有，純粹就是被放棄了。

「咪嗚——」小咪被放回籠子裡的時候，再度討好的輕聲叫喚著。

看到已經被主人單方面宣告死刑的貓咪，蘇澄心裡並不好受，但她還是得笑著將來客送走。

「下午我沒門診，妳可以回去了。」林辰東交代蘇澄可以回自己崗位後，便朝診間外走去。

「嗯？」

蘇澄看到林辰東走離的背影有些困惑。

林醫師在哭？

林辰東轉過身的時候，蘇澄很確定自己看到了他雙眼通紅，還偷偷輕輕吸鼻子的模樣。

林辰東從診間走出來的時候，剛好正面被許路年看到，他看著林醫師微低著頭閃避著自己目光的樣子，只能嘆口氣。

「唉，真是的。」許路年無奈之餘和剛從診間出來的徐江臨打招呼，「準備一包面紙，到東走廊的樓梯背側。」

雖然不明所以拿著一包面紙去那邊要做什麼，徐江臨還是乖乖的做了，然後帶著一大包抽取式面紙的他一抵達現場只能給出一大段省略號。

徐江臨與面紙：「……」

東側樓梯的後面有些陰暗的地方，那裏已經蹲了兩個人，一個是一臉苦笑的許路年，另一個是正不停落下眼淚啜泣的林辰東。

該怎麼說呢……雖然林辰東哭的梨花帶雨的，但是與之中年大叔的形象壓根配不上。

原本徐江臨打算悄悄放下面紙在安靜離開，避免自己捲入這尷尬的組合中時，林辰東正巧抬起他盈滿淚水的眼睛，和他四目相對。

徐江臨只好默默走過去在林辰東的另一邊蹲下，正巧趕上了林辰東還未開始的話題。

叮叮叮！

徐江臨瞥了一眼簡訊，上頭是許路年傳來的一段話。

「現在我們是同一條船上的螞蚱，職業陪哭。」許路年的對話後頭還配上了一個拇指。

徐江臨看完後只想現在走過去，把許路年那自信的拇指凹斷。

「今天又怎麼了？」許路年起了個頭。

這話題一起，林辰東的眼淚掉得更厲害了，但是話語還是能清楚的表達。

「今天有一隻貓咪，明明有治療痊癒的機會，但是因為主人卻只能等死。」

「要是覺得費用太貴，可以跟我說的。為什麼不給貓咪一點機會呢？」

「嗯。」徐江臨和許路年靜靜的聽著。

職業生涯中也是會有這種情況，而且還不是少數。

而且這種情況，作為一個也需要營利來存活，來維持醫院運作的獸醫師而言，他們半點忙都幫不上，頂多只能給予飼主一些建議，剩下的全看運氣。

「牠才八歲，還有一個八年能活啊！」林辰東邊說邊用力的吸了吸鼻子，再接過徐江臨的面紙擦淚。

他們兩個陪聽人員沒有開口，倒是林辰東繼續說了下去。

「我前幾天對蘇澄講了很多很難聽的話，還吼了她。」

林辰東抒發情緒到這裡的時候，同樣擔心的蘇澄也到了東側樓梯，但是她看見那奇怪的組合和陣仗後只有勇氣躲起來偷聽。

「只是波普的事情我真的很生氣，為什麼不到我家拍門把我叫醒。」

到你家也太強人所難……

沒在哭的兩人加上偷聽的一人同時有了同樣的想法。

「要是波普死在手術台上，我沒見到最後一面怎麼辦？」

主刀動物被懷疑可能會死在手術台上的主治醫師許路年：「……」

先不說你質疑我的事情，不過要見最後一面，你是牠的親生爸爸之類的嗎？

雖然許路年心裡有很多話想飛奔出來，但是林辰東的這句話讓他釐清了前幾天他不解的事情。

原來他不是憤怒自己跨過他動了刀，而是擔心波普擔心過了頭。

擔心動了手術會出現意外，所以他選擇內科療法不去碰觸，擔心他不在的時候因為外界因素影響到波普，所以他動了刀時他這麼心急。

……這傢伙病的不輕啊！心軟不是壞事，但是軟到怕事就會出問題。

「林醫師。」徐江臨這時候插了句話，「寵物的所有決定都依附在他主人的思考下。當主人無法決定的時候，就需要獸醫師出面。」

「有時候我們的決定雖然說不是最正確的，但一定是當下必須的。」

「別讓膽怯限制了自己向前的步伐。」徐江臨看到哭到鼻子全部塞住不停吸鼻子的林辰東說著，說完他才意識到對方好歹也是自己的前輩，趕忙道：「抱歉。」

說的好！

許路年和蘇澄同時在心理給徐江臨聲援。

被徐江臨說的認真思考起來的林辰東，原本稍稍止住淚水的他又想起了另外一件事情，轉眼間又要哭了。

「……別一直哭。」徐江臨半點情面都沒有，只當對方現在是無理取鬧要糖吃的小孩，面紙直接往人臉上糊去。

「我今天原本要跟蘇澄道歉，前幾天吼了她。只是我這破嘴……」

她才不會介意呢！而且那份心急全都是為了波普，她完全能夠理解。

站在樓梯後的蘇澄點點頭。

「放心，蘇澄不會介意的。」許路年拍拍林辰東的肩膀，讓人寬心。

「她真的是一個很優秀的助理。聽說她考上獸醫系，以後可能會來艾奈盟實習。到時候許路年你可不准兇她！」

「好好好。」許路年敷衍著。

到時候搞不好一兇她，自己不會先被你哭煩，倒會先被徐江臨扭斷脖子。

蘇澄站在樓梯後偷聽那三個男人蹲在一起，哭的哭遞紙的遞紙，一齊分享林辰東心裡話的場面時口袋裡的手機震動了幾聲。

發現自己躲著在偷聽的徐江臨發了一句話：「偷聽？不如一起蹲過來？」

「呵呵，你遞紙的動作慢了。」蘇澄果斷的拒絕，然後快步的離開現場，省得真的被叫過去同樂。

再加上她一個，湊四個人打麻將啊？

「我明天和蘇澄再道歉一次。」林辰東立下誓言。

逃難澄離開後，緩過氣的林辰東突然帶著哭泣後的餘韻，用腫得跟桃子差不多大的眼看向坐在隔壁遞紙的徐江臨。

紅腫的眼睛努力瞪大的模樣，看的徐江臨偷偷往旁邊移了半步。

林辰東又把頭轉向另一邊，同樣看的許路年驚驚膽戰。

他們倆都怕對方一言不合會突然撲過來抱住自己，想到這兩人又往旁邊退了退。

男孩子在外要懂得保護自己才行！

林辰東還好還沒哭上頭，他只是操著濃厚的鼻音問許路年：「你單身嗎？」

「……不是。」

「喔。」林辰東喔了一聲後，看向徐江臨也是一句，「你單身嗎？」

現在是要臨時招開相親大會，就在這個陰暗的樓梯後頭，三個大男人嗎？

被這麼問著的徐江臨頓時陷入要不要說實話的艱難抉擇中，難就難在要是說實話林辰東突然介紹起自己的阿姨的女兒或是直接推薦自己，他一定會被許路年嘲笑一輩子。

把徐江臨的沉默當作是默認，徐辰東突然很認真地介紹起他所認識的那位優秀的姑娘。

「我覺得蘇澄小妹不錯。」林辰東原本還在給徐江臨推薦，但是隨後卻馬上改口，「不對！蘇澄這麼優秀，可能看不上你。」

徐江臨：「……」

徐江臨頓時覺得心裡有很多話想說，但是撿了撿沒有半句說出來是好聽的。

許路年聽到則是輕輕抖著肩膀偷笑。

徐江臨你也有這一天啊？

「徐江臨，要不你考慮一下我鄰居家的女兒？雖然人不高，但是心胸寬大。蘇澄太優秀了，我怕你被嫌棄心靈會受傷。」

意思是你鄰居家的女兒心胸寬闊可以包容他嗎？

徐江臨一臉沉默的看了眼林辰東，雖然他無法對前輩說些什麼，但是對許路年可以。

「許路年閉嘴！」

「哈哈哈哈哈——」許路年覺得這場陪哭大會，值了。

接連著三天，手術後的波普氣色半點都沒有好轉，肚子還逐漸大了起來，超音波顯示裡頭充滿著腹水，所有的指標都指向了不好的方向。

三天期間，每天林辰東都會板著臉走進住院部，打著巡視的名義偷偷看望波普的狀況。

「林醫師你好。」

自從知道林醫師會因為自責和擔心躲在樓梯間偷哭後，蘇澄對他的態度也出現不同的轉變，就像是在看一個溫柔的小男孩一般和藹。

只是蘇澄的笑容看在不知道自己早已暴露的林辰東眼裡，就直接變了個味道，笑的他莫名其妙，還心裡發毛。

時不時都在檢討自己是不是有那裡得罪了蘇澄。

他當初立誓說要為了吼她道歉的事情當然沒能說出口，全濃縮成了哼字。

但是蘇澄並不介意，畢竟哼哼怪是這麼的纖細，有很多說不出口的話，也是能夠明白的。

這天林辰東蹲在波普的籠子前面，看著拉聳著頭顱，精神一天不如一天的波普，他偷偷紅著眼給波普摺著小巧的紙鶴。

蘇澄遠遠的看過去，似乎還折的比她好……

看準林醫師現在的心情可能不希望有人打擾，或是被發現在偷偷難過著，蘇澄沒有靠近而是留著空間給他和波普相處。

她還幫忙攔下了要經過該區的慕梨花。

「嗯？」

「林醫師在那邊，待會再過去。」

慕梨花眼珠子一轉馬上就知道大致上是什麼狀況，「那大叔又在偷哭了？」

「妳知道他會哭？」蘇澄有些訝異慕梨花居然只是稍微想了一下就猜出他偷哭這件事情。

「東側大樓的樓梯後方。」慕梨花準確地說出林辰東通常會躲著的那個角落，隨後還攤了下手無奈表示，「現在全醫院可能只有林醫師自己覺得偷哭的事情還沒有被任何人發現。」

「這麼哭也不是辦法，沒人經過提醒他一下，會沒完沒了的。」慕梨花說完後就假裝不經意地走過去，然後不經意的瞧了一眼波普的方向，接著不經意的說：「林醫師，你折的比蘇澄好。」

「我折的是紙鶴，她折的是青蛙，不一樣。」林辰東瞪大眼睛，努力框住眼淚不讓他在慕梨花的面前落下。

「……我折的也是紙鶴。」蘇澄不甘心的說著。

想了想，努力斟酌用詞的林辰東好半上終於憋出兩個字，「真醜。」

蘇澄：「……」

林醫師你這樣很容易失去我的！

這三天除了林辰東外，徐江臨和許路年兩個主負責人和其小夥伴也是每天都到波普的籠前報到。

只是許路年在檢查波普的各項數據的時候，臉上總覺得像是蒙了一層灰色調一般，一點放鬆下來的感覺都沒有。

「狀況不好。」徐江臨看著波普抿嘴。

「嗯。」許路年放下手邊資料決定，「蘇澄，幫我聯繫波普的飼主。請他們來一趟。」

「徐醫師，準備一間空的診間。」許路年蹲在籠前輕輕摸著波普的頭道：「辛苦了，很快就沒事了。」

蘇澄聽到許路年的吩咐，馬上就知道他下了什麼決定，腳步也突然沉重了起來。

聯絡到飼主趕來前的三十分鐘，波普的狀況開始往不好的那部分偏去，雖然沒有眉毛但是光看波普的表情便能輕易想像到牠現在正難受的皺著眉頭。

牠微張著嘴大力的喘氣，嘴裡不時傳出不舒適的低鳴呻吟，更別說嘴角旁邊沾著的暗紅色血漬，還有籠底的斑斑血跡。

波普的飼主是一對年輕的夫妻，兩人抵達特別準備的診間時，波普正躺在診療台上柔軟的大毛巾上頭，牠看到爸爸媽媽努力的搖搖尾巴，甩的檯子砰砰響。

「波普，我們來了，沒事囉！」女飼主輕輕地撫摸著波普的頭，揉揉牠緊皺的額間。

見人到齊，許路年開始說出他在電話中就曾經說過的狀況，「前幾天有和二位說波普的腫瘤已經蔓延開來，經過幾天的治療我認為牠的狀況已經沒辦法再承受更多。」

「今天出現了血便、嘔血還有皮下出血的症狀。且看波普的表現，應當有相當程度上的疼痛。」

女主人在聽到許路年說出的狀況時，眼眶已經默默泛紅，好幾次張張嘴想說些什麼但是半點聲音都發不出來。

男主人拍拍她的肩膀安撫一會後，問道：「那醫師建議怎麼做呢？」

「現在有兩個方法，第一個繼續保持治療，盡可能延長牠的壽命，醫院也會給予止痛藥，減低牠的疼痛。第二個，安樂死，讓牠在睡夢中離開。」

徐江臨靜靜的看著前輩都是如何處理這種情況，也不愧是許路年一點都沒有被突然翻湧而出的悲傷氛圍影響，依然語調平穩清楚的表達著後續處理方法。

他還是實習醫師的時候，起初幾次遇到種種場面也是很難以抱持平緩的心情，但是漸漸地就稍微能夠控制。

不是看多了變得冷血，而是知道現在自己不能變得情緒化，寵物的主人還需要醫師們專業的領導，寵物也還需要他們的指引。

稍稍別開了眼睛不去看女主人落下的眼淚，還有男主人微微發顫的肩膀，緩和了一會自己情緒的徐江臨注意到了同樣站在一旁，抿著嘴的蘇澄。

「要出去嗎？」他低聲地問著，「要是忍耐不住的話可以先出去外頭。」

蘇澄對於波普十分的照顧，甚至超出了助理的範圍。

每天對牠噓寒問暖，將牠的所有病歷資料都熟稔於心，明明不擅長但是還是給牠折了祈福用的小紙鶴。

住院了這麼多天，相處了這麼久，徐江臨相信蘇澄的心裡應該也很難受。

對於徐江臨的關心，蘇澄搖搖頭深吸了一口氣道：「還不能走，波普還需要我。」

蘇澄以前面對這種情況，可以的話她會選擇迴避。但是今天不一樣，那是波普，縱使很難受她還是必須留下來，好好地送牠最後一程。

聽到蘇澄這個答案的徐江臨眼底一片柔軟，他輕輕拍拍蘇澄的背。

被這麼一拍的蘇澄好不容易忍住得眼淚差點直接掉下來，她馬上瞪了徐江臨一眼。

難道他不知道有人哄的小孩會哭得比較大聲嗎！

被瞪得莫名其妙的徐江臨：「……」

溫柔的摸摸波普拉聳著的腦袋瓜，夫妻兩人有了決定，「安樂前，我們可以跟牠說幾句話嗎？」

「當然。」

許路年拿著病歷經過徐江臨旁邊的時候說著，「我去準備藥劑，這裡你和蘇澄看著可以嗎？」

得到肯首後，許路年離開的時候順手將請勿打擾的牌子掛在了診間外頭，留給裡頭的人充足的道別時間。

「波普，你看這是你剛出生的時候，只有巴掌大。」

夫妻兩人拿著手機和波普一起翻看著照片，偶爾說到開心的地方，波普還會甩甩自己的尾巴回應著。

「波普你看這時候你已經三歲大了，只有身體不停長大個性卻還像個孩子一般頑皮。」

「媽媽買的保養品全給你砸在地上，保養木板了。」

女主人輕輕的撫摸著波普，從頭頂到屁股，像是要將這種手感刻印在靈魂深處一般的仔細緩慢。

「波普，很高興你讓我們成為你的一輩子，也很高興你參與了我們的人生。」男主人捧著波普的頭和他額頭貼著額頭，感受著彼此傳來的溫度和氣味。

「謝謝你願意等我們回來。」

「嗚汪！」像是在回答一般，波普聲音宏亮的吠了一聲。

只是牠這一聲吠叫伴隨著是點點的血沫從嘴裡落了下來，一旁的蘇澄看見拿著毛巾輕輕地幫波普擦拭乾淨。

徐江臨也在一旁準備著待會會需要用到的物品，兩人都沒有說話，繼續把剩下不多的時間留給了波普的主人。

「波普，媽媽其實好想把你帶回家，看著你睡在大床裡頭。」說著女主人終於忍耐不住眼淚滴答滴答的落下。

「汪！」波普掙扎著想要起身，但是過於虛弱努力了幾次都沒成功，最後只能將頭依靠在女主人的手上。

波普有些悲傷的神情似乎在說，媽媽不要哭，你看波普還好好的喔！

「媽媽現在只希望波普不痛。」女主人一下接著一下拍在了波普的頭上安撫著，然後她解開了波普脖子上的紅色項圈。

「波普，再來你就自由了。在彩虹橋上要小心走，別不小心摔倒喔！」女主人仔細地叮嚀著。

「嗚——汪汪。」

「噓——」男主人做了個讓波普安靜的手勢，他低聲安撫著，「沒事的波普，沒事的。」

最後像是要做最後的叮囑般，他和波普眼對眼，他認真地交代著：「波普，我們可以輸，但是最後一定要帥！」
「汪汪！」像是聽懂一般，波普咧開嘴露出了一個大大的笑容。
最後波普睡在了夫妻兩人的懷裡，像個小嬰兒一般的熟睡，嘴角彷彿還帶著笑意。
波普，再也不痛了喔！
蘇澄輕輕擦拭著波普的遺體，做著最後的整理，再把主人帶來的玩具球全都整齊的裝好，一同放在了波普的旁邊。
徐江臨和蘇澄兩人一塊抬著裝著波普的大箱子，準備放到醫院的冰櫃時，他不小心碰到了她的手指。
一片冰涼的感覺，讓徐江臨有些擔心的問：「妳沒事吧？」
「沒事。」深呼吸了一下，用力咬著牙的蘇澄努力忍耐著那痠疼不已的鼻子。
他們處理好波普的後續時，早已經過了下班的時間，外頭的天色暗了下來只剩下路邊的路燈照明。
蘇澄的臉色依然不是很好，徐江臨想了想開口：「待會我送妳回……」
家自還沒來得及說出來，遠處一個哭的梨花帶雨，帶著濃厚鼻音的呼喊聲從遠處而來。
「徐江臨嗚嗚嗚……」林辰東一手抹鼻水一手揉眼睛，就差張開雙手要向徐江臨討個擁抱。

「找你的。」蘇澄直接後退了一步接著手抵著徐江臨的背，將人往前推了推。

徐江臨看著眼前哭得比任何人都慘，嘴裡還叨絮著自己的名字和波普的名字，要不是了解真實的情況，都快懷疑狗是他殺的。

「徐江臨嗚嗚……怎麼可以，波普啊！」

林辰東邊哭邊走近，稍微靠近他才發現除了徐江臨外自己最中意的助理蘇澄也在，驚的他趕緊昂首做出一副不以為意的模樣。

「蘇澄妳也在啊？」

蘇澄和徐江臨：「……」

不知道林醫師知不知道，一旦愛哭的事情暴露都暴露了，再裝就顯得十分尷尬。

毫無心理負擔的把徐江臨留給眼淚和鼻涕止不住的林辰東後，蘇澄看著已經熄燈的醫院大門呼出口氣。

回家然後在被子裡，好好整理自己吧！

再度深吸了一口氣，蘇澄壓下難受的感覺，一踏出大門看到門口停著的那台名車，她只想問候陳立安全家。

你她媽煩不煩啊？

怎麼不管心情好心情壞，這傢伙總是能出現在眼前晃悠。

「蘇澄！」

林莉亞從許路年那邊聽說今天發生的事情後，一下班就等在門口想著要好好抱一抱這個總是表面蠻不在乎的倔強小孩。

果然一看見人就發現蘇澄一臉就寫著她要趕緊回家躲棉被療傷的模樣，不過很快的那臉色瞬間又黑了下來，彷彿看見了什麼髒東西。

林莉亞順著蘇澄的目光看去，立刻就看見一名穿著輕鬆的襯衫西裝褲，頭髮打理得十分整齊的男子，正笑容滿面地對蘇澄揮手。

「嘖，又詐屍了。」

「……什麼詐屍？」跟在後頭的許路年問著，接著他也看見了和氛圍格格不入的陳立安。

「陳立安這傢伙算是企業界小有名氣的小開，能上報紙的那種。」林莉亞稍微給許路年科普了一下資訊，「前些日子傳出他和其他企業的女生聯姻，那時候他對蘇澄提了分手。」

「然後前些日子傳出了他被女方甩了，所以又回過頭來糾纏蘇澄。」說著林莉亞搖搖頭，一副她也很納悶那家伙哪來的臉出現在這兒煩人似的。

「蘇澄要不要我出面？」許路年問著一旁面無表情的蘇澄。

這還是他第一次看到蘇澄這個模樣，就像是一個死氣沉沉的火山，但是飽含著爆發所需的能量，只要一觸動就能毀天滅地。

扯扯嘴皮，蘇澄搖搖頭，「我自己可以。」

「蘇澄，我等妳好久了，怎麼這麼慢呢？」陳立安用著一副男朋友關心女朋友下班晚了的口吻，語氣中甚至聽得出那一點責備的味道。

「不得不說這傢伙連我都看不太下去。」許路年被那一句飽含撒嬌和抱怨的語調膈應著。冷笑了一聲，林莉亞說了點陳立安的優勢，「不過這傢伙特別會和女生說話，該說特別懂技巧嗎？」

「……他？」

就憑他？

「他的每一句話都能踩在雷點上，你說厲不厲害。」林莉亞嗤笑了聲。

接下來許路年馬上就見是到了那種讓人發自內心的厲害之處。

「蘇澄，妳看看妳的手，又用的全部都是傷痕。早告訴妳要小心一點！女孩子怎麼可以常把自己弄傷呢？」

「早跟你說到辦公室上班，就能輕鬆很多，妳就偏要去考獸醫折騰自己。」

「妳的表情怎麼這麼難看？是不是上班太累了，來笑一個，讓我看看蘇澄可愛的笑容。」

陳立安也不管自己說出來的話有沒有得到回應，他就像唱獨角戲一般的繼續對蘇澄說著。

接著他試圖猜了猜蘇澄表情難看的原因。

「又有狗死掉了？」

蘇澄抬頭看了陳立安一眼，他背著月光看不清楚面容，只覺得他說的每一句話都十分刺耳。

陳立安收出一隻手想要像往常一樣摸摸蘇澄的頭，安慰安慰她。

看到對方抬起了手，在不遠處看著的許路年就準備上前制止，但是陳立安的下一句話讓他很感到不可思議的頓了頓腳步。

世界上真有人講話能這麼不經過大腦的嗎？

「果然就算成為獸醫還不是做不到，那為什麼要這麼努力呢？」這句話聽得出來陳立安是發自內心的感到不明白。

他認為付出就是要有回報，既然無法取得回報，那麼為什麼要付出這麼多。

看著眼前面色越來越差的蘇澄，陳立安安撫道：「好啦！別難過了。」

「生命短暫，死了再買一隻就好了，不是嗎？」

陳立安的手並沒有順利地落在蘇澄的頭上，而是來自腹部的重擊和悶聲，讓他的手改放在了腹部，挽著身子痛苦的跪倒在地。

砰！

蘇澄的拳頭狠狠地打在了他的肚子上，直揍得人發出不明不白的悶聲。

「滿分！」許路年和林莉亞這對情侶檔對這拳同時給出高分。

「唔唔……」

看著彎身在地的陳立安，蘇澄忍住在給人一腳的衝動，轉身旁邊走去。

「蘇……」

林莉亞正要追著蘇澄離開的方向去的時候，許路年一把拉住了她，並抬抬下巴示意。

那兒徐江臨已經快步的追了過去，路過陳立安的時候還頓了頓似乎在思考著要不要再給人致命的一擊。

徐江臨到了休診的門診大廳時，燈光只亮了一排有些昏暗，燈光下蘇澄垂著頭，捏緊的拳頭緊了緊又慢慢地放鬆，像是在極力忍耐著什麼。

雖然看不見她的表情，但是看到她一個人悶聲的待這在這裡，徐江臨一顆心彷彿被無形的大手掐住般的糾痛。

徐江臨正絞盡腦汁要說點什麼來當開場時，就見蘇澄抬起頭朝她看了過來，那雙大眼睛在看到他的一瞬間立刻被淚水盈滿。

蘇澄一個人坐在門診大廳的時候，腦子裡不停迴盪著的就是陳立安那句，成為了獸醫還是做不到，那為什麼要這麼努力？

一瞬間就連她都出現了迷惘，對自己產生的懷疑像是漩渦一般席捲著全身，讓她渾身發冷。

好想見徐江臨……

這個想法突兀的出現時，她頭一抬就看見那高挺的身影站在那，忍耐一天的情緒直接就湧現了出來。

蘇澄看著徐江臨用力的吸了吸鼻子，大大的淚珠不停的滾落，她張開雙手道：「徐江臨嗚嗚嗚——哼哼，嗚嗚……嗝！」

徐江臨看著那朝自己張開雙手像是個小孩子討安慰的蘇澄，他走了上前直接將哭了不能自已的蘇澄抱入懷裏。

感受著蘇澄用力的糾緊自己胸口的衣服，徐江臨覺得懷裡的身軀脆弱的彷彿再多用一點力就會碎掉。

得到了溫暖的懷抱，原本不安的心立刻踏實起來，被緊緊擁住後蘇澄哭得更大聲了，邊哭邊絮叨著：「我是不是不適合？」

「就連每天照顧的動物，都沒辦法第一時間發現問題。發現的時候已經開始吐血，已經來不及了……嗝嗝！」

「而且我好難放手，雖然捨不得最後也會變捨得，但是我就是覺得難受想哭。波普明明那麼想回家……」

「這樣是不是不適合走這行？」

「是不是跟他說的一樣不適合。」

「沒事沒事。」徐江臨感受著胸口的一片溼冷，輕輕的拍著蘇澄的背安撫。

感情上面自己眼睛挑了一個三觀被門夾過的人，工作上面也不順利，還對未來產生了懷疑，蘇澄覺得自己真的是糟透了。

不過就算如此她也不會放棄自己所選擇的，有一天她一定要成為獨當一面的獸醫師。

「不過我才不要放棄！有一天我一定要治好牠們，全部！」蘇澄仰起頭對著徐江臨說得十分認真。

徐江臨低頭看著從自己懷裡抬起頭，已經把自己整張臉哭的一塌糊塗的蘇澄他輕聲道。

「蘇澄。」他喚了聲，「雖然我們能力有限，有太多的事情做不到，但也有太多的事情值得我們去做。」

「你並不像那傢伙說的這麼不堪。」

「會為了生命的消失落淚，這就是妳不是嗎？這是一種難能可貴的情感，無論過了多久，都不要忘記。」

「坦率的面對感情，面對失去不是一件壞事。」徐江臨輕聲的哄著還在啜泣的蘇澄，手也一下下的在她背後輕拍。

「蘇澄，你已經很努力了，做得很好。」徐江臨用拇指擦掉了蘇澄掛在眼下的淚水。

「可是我的努力從來都沒被認同過……」想到這蘇澄就覺得不甘心，好像自己不管怎麼的努力向前邁進，永遠都只有一個人。

只有在失敗的時候，才會受到檢討。

被檢討這麼努力到頭還是一場空，自以為能拯救誰，但是最後卻發現自己什麼都做不到。

「蘇澄。」

徐江臨看著那張渴望被認同的臉，還有她眼裡從未熄滅過的不服輸，他輕輕的將她兩頰的頭髮撥到耳後，露出整張雖然沾滿著淚水的臉蛋依然透著乾淨氣息的臉。

他看著她認真的開口：「蘇澄。」

「如果是我絕對不會嘲笑妳的夢想，需要的時候能給妳擁抱，永遠都會在妳身邊給妳打氣。」

「那妳選我不好嗎？」

第八章　不是讓你去嚇人

昏暗的房間中只有幾縷晨光透過窗簾照射進來，縮在有著淺藍色小貓圖樣被窩裡的人不太安穩的皺著眉，她的臉上還掛著淚痕。

一片黑暗中，蘇澄只知道自己在一個溫暖而且好聞的懷抱裡不停的哭，安全感和滿足感讓她怎麼樣都止不住淚水。

累積已久的委屈全都在這一刻不停爆發出來，蘇澄所能感覺到的就只有背後那溫暖的手掌正一下下的溫柔輕拍著自己，讓她可以盡情的撒嬌。

所有的聲音聽在她耳邊都只剩下嗡嗡作響，只有那幾句話特別的清楚。

「妳選擇我不好嗎？」

「如果是我不會讓妳覺得委屈，不會嘲笑妳的夢想，能夠理解妳每一次落淚的理由，永遠都會在你的身邊給妳打氣，讓妳盡情的撒嬌。」

「那妳選我好嗎？」

哭的一塌糊塗的蘇澄夢裡所見的畫面，便是在那有些昏暗的門診大廳，頭頂只有一排燈照射，顯得自己宛如劇裡的女主角般被放射燈投射著。

徐江臨抱著自己，任由她將鼻水淚水都擦在他身上半點都沒有露出嫌惡，反而輕拍著她好聲安撫著。

記憶中最後是徐江臨注視著自己，十分認真的詢問：「那妳選我……可以嗎？」

窗外增強的陽光穿透過被風吹起的窗簾，照射在猛然清醒從床上坐起的蘇澄身上，照的她腦袋格外清晰。

徐江臨昨天是在跟她告白？

也被自己這個想法嚇得一愣的蘇澄用力的揉揉臉，昨天究竟都發生的什麼事情……

她只記得自己昨天打了那個混蛋一拳後哭得特別特別慘，然後她好像主動張開雙手向徐江臨討了抱抱，之後徐江臨也確實的抱緊了自己？

「……老天啊！」

昨天她哭的腦子一片混亂，現在仔細回想才慢慢回憶起自己究竟都做了什麼大膽的舉動。

徐江臨居然沒有用病歷夾把她拍醒嗎？

想著昨晚的畫面，蘇澄鼻腔間似乎還記得徐江臨身上那屬於他特有的淡淡肥皂香氣，乾淨且清爽還讓人充滿安全感。

那個懷抱溫暖的太過不真實，讓坐在床上的蘇澄稍微回想後將頭埋在了棉被裡，用棉被蓋住腦門好好消化那種從腳底熱上來的感覺。

她昨天壓根比喝醉的人還醉啊！

徐江臨到底是什麼意思？

還有那句話妳可以選擇我……算是告白嗎？最後自己到底是怎麼回答他的？

蘇．失智．澄瞇著眼呆坐在床上，認真的回憶昨晚自己到底還說了些什麼。

她好像就是一直揪著人哭，然後說了好……握草！自己已經答應了啊！

就在自己哭得特別醜的情況下？徐江臨的口味居然這麼重！

盤算著明天上班要好好把人堵下來問清楚對方到底是什麼意思的蘇澄，只忍到晚上上課，就忍不住戳戳前面同學的脊梁骨。

利用放假時間想了一整個白天，直到夜間部上課都還在深思的蘇澄，戳了戳正在偷打瞌睡的南靖衍。

「嗯？」南靖衍一臉還沒醒的半闔著眼睛。

也不能怪他，台上的老師說話緩慢、語氣沉重、聲調毫無起伏，簡直就堪比催眠小能手，一不小心眼皮子就這麼黏在了一起。

「什麼事？哈啊——」南靖衍小小的打了個哈欠。

「我問你，如果有一個男的讓你考慮選擇他，你會？」

內。」

「我會揍他。」南靖衍面無表情地回答著，隨即還補充：「公的都禁止靠近我半公尺

蘇澄得到這個答案後攤了攤手，是她欠缺考慮忘記對於直男來說性別這個問題格外的重要。

南靖衍看到蘇澄似乎被這問題困擾很久，從上課開始就一副若有所思的模樣，他雖然在她問自己這個問題的時候，就已經敏銳的感覺到她所想要問的是什麼。

但是……南靖衍就是不想這麼乾脆的回答。

是哪個男這樣問蘇澄，要告白不會乾脆點嗎？嘖！

輕嘆了一口氣，南靖衍對蘇澄道：「那就看妳的心是怎麼想這個問題的，那個就是答案。」

接著他看著蘇澄笑咪咪地眨眨眼，「或是妳也可以直接考慮我呀！正直顧家好男人喔！」

面對南靖衍的調戲蘇澄直接用筆桿敲了敲他的額頭，「呵呵，你還是擔心到時候在艾奈盟的實習吧！」

南靖衍看到自己的話直接被蘇澄當作開玩笑，一點兒都沒被放在心上，老實說他有點受傷。

雖然讓蘇澄可以選他這句話確實有點調侃玩笑的成分在，但其實他也想看到蘇澄有稍微的思考，那怕是一愣都好。

這麼乾脆地被拒絕，南靖衍只能無奈地苦笑。

不知道問出那個蠢問題的那個誰，要是你動作再不快一點，他可不客氣了！

為自己輕輕的嘆口氣，南靖衍姑且關心了一下那傳說中，讓所有實習生都聞之發抖的艾奈盟魔王獸醫師前輩。

「聽說許醫師……就是那個負責實習生的獸醫師，聽說他很嚴格，隨便都能把人罵哭？」

蘇澄細細想了下那個無論對誰都很溫和的許路年，其實還真沒看過他對任何人嚴厲的模樣，不過……一點都不妨礙她開口直接幫忙加油添醋。

「聽說不聽話的晚上會被他帶到黑暗的地下室教育。」

「有一天我還看見他的嘴巴噴出了火焰！」

就從她開始讓傳聞燒得更加猛烈吧！

月色高高掛起，校園只剩下蟬鳴鳥叫蟋蟀嚎的時候是夜間部的下課時間，為數不多的學生三三兩兩的緩慢走出學校。

蘇澄走在被月光照的一閃一閃發出細碎光芒的石子路上，月色襯著她的側臉柔和，燈光將她的影子拉得長長的，黑夜中彷彿就只有她一個人發出光芒。

南靖衍看著那個正俏皮踩著石子，自己玩起來還笑出酒窩的女孩忍不住喊了聲。

「蘇澄。」

「嗯？」蘇澄側過身偏了偏頭。

「沒事，明天見。」

「掰掰！」蘇澄笑著揮手道別。

南靖眼那能夠照亮一切如暖陽般的笑容離開自己的視野，他抬頭看著只有幾點星點點綴的夜色嘆了口氣。

嘖嘖，責怪別人問了不明不白的問題，自己還不是一樣。

就連叫她的名字都得小心翼翼，別說要踏出第一步，在她的眼裡甚至都無法看到自己的身影。

今天那個玩笑也是毫不猶豫的就被忽略。

「南靖衍啊南靖衍，你就是動作最慢的那一個。」

翌日清晨，穿著輕便的南靖衍站在A市最具規模的動物醫院前無奈地嘆了口氣。

「蘇澄你這個笨蛋，連報告都可以放錯背包。」南靖衍一大早準備報告的時候打開背包就看到一份塗得五顏六色的報告修改筆記，「少了這東西，看妳明天怎麼準備上台報告。」

南靖衍怕蘇澄真的會做出鼓起勇氣裸著上台報告的事情來，好人做到底的他親自將東西送到艾奈盟。

「您好，請問有什麼能幫忙的嗎？」艾奈盟的櫃檯小姐親切的問著。

「我要找蘇澄。」

櫃台小姐聽到這個最近時常在廣播中聽到的名字，毫不猶豫的就問：「住院部的蘇澄醫師助理？」

「對。」南靖衍點點頭。

他為什麼覺得蘇澄在這裡好像很紅？櫃台人員講出她的工作單位熟門熟路，連查詢一下資料都不用，也不用核對他的身分就直接把蘇澄給賣了，好像那一串住院部的蘇澄是一種下意識的反應。

「請問您是他的？」

「獸醫系的同班同學，要拿東西給蘇澄。」

或許是櫃台還有很多事情要忙，又聽到是同學，也或許是南靖衍笑得十分溫和有禮給人帶來好感，櫃台人員給他指了往住院部方向的路後，便由著人自己找人去。

順著告示牌，南靖衍輕易地就找到了艾奈盟的住院區。

窗明几淨的玻璃大門打開的時候，裡頭有一名身材纖細身高大約落在一米五五左右，綁著丸子頭，臉上畫著得宜的淡妝顯得氣色很好，穿著深藍色工作服的年輕女性。

「嗯？」慕梨花暫停了手邊的工作，看向站在門口的南靖衍。

「蘇澄在嗎？」

「蘇澄到門診支援了。有什麼事情嗎？」

「她的報告忘在學校。」

「放那吧！」慕梨花指了指一旁空下的工作檯，讓人放著就好。

沒有再多放注意力在南靖衍身上，慕梨花轉轉手腕扭扭脖子後，蹲下身一口氣從地上搬起一箱舊儀器。

整箱東西裝的滿當當十分的沉，讓慕梨花光是又舉起就花了好大一番力氣，一張小臉瞬間憋的通紅才讓紙箱離開地面。

「……我來吧！」南靖衍稍稍撩起襯衫的袖子，直接走過去接下了慕梨花手裡那箱比想像中還要更沉的儀器箱，「要抬到哪？」

有人自願幫忙的情況下，慕梨花樂得在前面指引，讓人把東西直接移到了艾奈盟後院堆放損壞或是沉舊器材的倉庫。

「謝啦！」

在外頭的大草皮上稍作休息的時候，慕梨花笑咪咪的道了謝，手裡端了杯冰水給苦力。

接過水的南靖衍正巧看到了慕梨花那修長細白的手指上有著一層薄薄的繭，他猜測道：

「常拿剪刀？」

慕梨花將自己的手放在眼前看了會，手指輕輕婆娑著手指上有些粗糙的繭，笑了下答道：「寵物美容。」

蘇澄的目標是成為獸醫師，而她的目標就是成為一名厲害的寵物美容師。

「對你們這些預備獸醫師來說，寵物美容應該很上不了台面吧？」收回手的慕梨花用腳輕輕撥弄著草皮，眼底閃過了一點點自嘲。

「為什麼這麼說？」喝了水，南靖衍抬眉看著不知道為什麼突然要貶低自己的慕梨花，「獸醫也好，寵物美容也好，不都是努力後才能得到的結果嗎？」

「沒什麼好上台不上台的。」

慕梨花有些訝異地看了眼正笑咪咪和自己說著的南靖衍，以前她得到的回應大多都是——

妳在動物醫院工作？

那妳是獸醫師……啊？只是助理？

以後會變成獸醫師嗎？

喔……寵物美容啊！獸醫師不是比較好嗎？

感受著輕拂而來涼風，南靖衍看著站在一旁不知道為什麼又沉浸在感傷中的慕梨花道：「寵物美容沒什麼不好啊！有些獸醫師連指甲都不會剪，耳朵都清不好。更不要說要把一頭雜亂如草的狗毛修得整齊漂亮。」

「這樣說起來，寵物美容師不是比獸醫師厲害很多嗎？」南靖衍將手裡帶著冰珠的水一飲而盡，然後他又注意到了慕梨花的手背。

或許是動物從業人員的職業傷害，縱使再小心保養，慕梨花的手背上依然有著或新或舊的抓痕。

南靖衍翻了翻包包，將一條有著極佳消炎止痛去疤效果的軟膏遞給慕梨花。

不過對方並沒有馬上領情的接過，反而看著自己若有所思的樣子。

「還要我幫你上？」南靖衍調笑著。

「想得美。」慕梨花翻的一個大白眼後不客氣地將軟膏接過，然後往口袋塞去，「我只是怕你要給蘇澄的東西被我先拿走。」

「才不想管那個笨蛋。」想到那傢伙南靖衍只能嘆氣，「到底要神經多大條，才能把自己的東西收到別人的包裡。」

「不喜歡她嗎？」慕梨花揚楊眉。

按照她的人性觀察之感情篇推測，會在這麼熱的天氣特別幫鄰座女同學送作業、報告或是其他什麼玩意兒到工作場所，要不是喜歡就是有好感，或是工具人做習慣的小可憐。

面對這個問題南靖衍只能露出無奈的苦笑，半點都沒被看穿後的窘迫。

「喜歡啊……奈何動作太慢，在起跑點就已經失去了資格。」

休息夠也喝完水的南靖衍拍拍褲管從草地上站起，這一起身就聽見慕梨花那邊傳來喀嚓地一聲拍照聲。

幾乎是反射動作，慕梨花在南靖衍站起來的時候馬上舉起手機對著人抓拍一張。

畫面裡陽光正好，勾勒的南靖衍的側臉無比柔和，眼鏡下的眼睛明亮非常，明明就只是站在自己的面前存在感卻高於太陽。

這一刻讓慕梨花看呆了眼，居然都忘記自己的手機鏡頭還死死的對準人。

被偷拍的南靖衍也不惱，只是失笑了一聲後調侃著，「好看嗎？」

「胡、胡說！」被抓包的慕梨花撇撇嘴，假裝只是湊巧對上一般地回嘴，「只是剛好對著而已，我在拍自己。」

南靖衍看著努力要掩飾自己而顯得有些慌張的慕梨花，唇角勾起淺淺的弧度。

高掛的陽光灑落在這片小天地，透過葉子的光格照的草地熠熠生輝，些許的燥熱曬的兩人心中的初生種子掙扎著想要破殼而出。

輕咳了聲南靖衍解救了耳根子泛紅的慕梨花，他隨口起了個話題，「聽說許路年醫師很嚴格？」

想也不想慕梨花回著，「他還會拿小鞭子出來抽人屁股。」

「……你們艾奈盟培養的不是獸醫師，而是奴隸吧！」

與此同時在門診區的蘇澄一點都無法鼓起昨日說要好好問一問徐江臨的勇氣，經過前日夜晚的事情，讓她現在看見人窘迫的直想逃。

「蘇澄。」徐江臨進入診間前和來支援的蘇澄打了聲招呼，沒想到那人直接用病歷板擋住了自己的臉，還發出了兔子受到緊迫般的叫聲。

「噫！」

「……這都是什麼聲音？」聽到聲音的徐江臨愣了愣。

徐江臨看著人躲進了林莉亞的診間只能輕輕的嘆口氣，果然還是嚇到人了嗎？

趁著客人帶著貓咪進診間前，林莉亞靠近今天的小夥伴悄聲問：「蘇澄你們算是在交往吧？」

那天晚上的事情林莉亞當然簡單的聽蘇澄說過，不過看她今早的表現……這兩個人發生的事情一定沒有蘇澄說的那麼容易。

蘇澄想了想也不太確定她現在和徐江臨的關係應該算交往嗎？

「可能吧……？」

她那時候哭跟什麼一樣，回過神來就已經被別人得逞了。

同一時間目睹蘇澄逃難似遠離徐江臨的許路年也趁著預約看診的人來之前，小聲的問。

「你們開始交往了？」

徐江臨停下整理診療台的動作，口吻也有些不太肯定，「可能有，也可能沒有。」

「這都是什麼模稜兩可的回答。」

不光是許路年一副恨鐵不成鋼的模樣，徐江臨回想起來也十分的懊惱。

他那天晚上順勢就和蘇澄表達了自己的心意，只是仔細思考他都說了些什麼啊？

那種奸詐的話不光是哭得不停打嗝的蘇澄，就連自己回過神都不確定是不是告白。

「唉。」徐江臨有些苦惱的揉揉額角。

「蘇澄躲你，躲的跟知道自己要被拿掉蛋蛋的公貓一樣惶恐。」許路年想到那奇怪的驚呼聲就只能聯想到在診間逃跑的貓咪，至少那慌張的神情絲毫不差。

「當初莉亞不是也這樣躲你？」徐江臨一點不想被擁有同樣經歷的許路年嘲諷。

只是一個會發出怪聲，一個躲的很安靜。

本質上他們兩個人沒什麼區別。

「至少我現在是現充，而你連自己告白成功沒都不知道。」許路年看著病歷順口回嘴。

「……」

對於這點，徐江臨只能被嘴的無話可說。

再次對於自己那天的表現嘆口氣，徐江臨將注意易放回了待會的看診上頭，先不去管那些煩心的事情。

「今天的診怎麼會找我？」徐江臨問著該診間的主治醫師許路年。

「我看預約的描述，估計不太好處理。找你一起希望能順利點！」

很快的徐江臨就見識到了是如何的不太好處理。

一個挺著啤酒肚的中年男子牽著一隻走路一拐一拐連瘸帶跳的黑色土狗進入診間，黑狗一踏入的瞬間撲鼻而來的腐臭味道讓許路年和徐江臨同時注意到了牠異常腫脹的左後腳掌。

左後腳掌腫脹成了右腳掌的兩倍大，不停有淡褐色的液體從發脹的腳墊下滴落，鋸齒般的缺口硬生生的橫過腫脹的腳掌，仔細一看向外翻開的組織中隱約可見白色的蛆蟲在其間翻滾大啖血食。

「捕獸夾？」徐江臨看到那近乎將腳掌與身體分開的豎口猜測。

「牠跑出去玩三天，三天後回來腳上就夾著捕獸夾。」

「用了工具才把牠撬開，原本想說傷口塗優碘包起來就好了。」

「結果昨天突然變得很臭，蒼蠅一直圍著牠轉。」

男主人簡單的描述著黑狗的狀況，說完還用手拍了拍那個正因緊張而嘿嘿嘿喘氣的狗頭，「讓你再亂跑！」

「也不知道是哪個天殺的，把捕獸夾扔那邊，要是小孩子踩到怎麼辦！」

在男主人抱怨中，許路年和徐江臨對於那隻經開始感染的腳掌有了判斷。

「血管和肌肉還有神經估計都被夾斷了。」帶著手套的許路年輕輕翻看著。

「組織已經開始壞死。」徐江臨感受著腫脹卻冰冷的肢端，評估了一下狀況，起身對男主人說：「只能截肢。」

「哈？」男主人發出了好大的一聲驚呼，「擦藥不會好嗎？」

「捕獸夾把牠所有血液的供應都阻斷，這腳最後的結果只會引發感染。將其截斷會是目前比較好的處理方法。」許路年說著還畫了張示意圖，解釋如果不進行手術，最後這隻狗和這隻腳的命運會是如何。

男主人邊想邊揉著那科大狗頭，最後只能嘆口氣將手裡的牽繩交了出去。

「那黃大寶就交給你們。」

男主人離開前還對冠上姓氏的大寶警告，「要乖乖聽話，不然我就不帶你回家了！」

將大寶安置好，等待手術室和手術器械消毒完成前，許路年拍拍徐江臨的肩膀道：「還有呢！今天可是外科二連發。」

第二隻約診的狗牠進來診間的狀況，讓兩位年輕的獸醫師看著眼皮直跳。

金黃色的大土狗牠自己搖著尾巴蹦蹦跳跳，近乎是牽著主人衝進診間，只是嵌在主人手上的粗鐵鍊並沒有連接任何的頸圈，而是彷彿從大黃狗的脖子中長出來一般，就這麼從脖子延伸出來。

「醫生，在是我在外頭救援的浪狗。」愛心媽媽也不敢用力地去拉大黃狗脖子上的鐵鍊，只能任由活潑的狗狗在診間裡撒潑。

「……手術將脖子的切開一圈，把裡頭的鐵鍊拿出來。」許路年看著那突然從脖子上冒出了鐵鍊抿了抿嘴，「要有心理準備傷口會很大一圈。」

這種情況就有點類似，流浪的犬貓吃便當的時候橡皮筋去套在脖子上，久了橡皮筋就會越嵌越緊，最後在脖子上留下一圈割入的勒痕。

而眼前的情況就是橡皮圈的放大版，不知道什麼原因在黃狗小時候脖子上的鐵鍊就已經將其拴住，接著因為日久疏於照顧，脖子長大了但是鐵鍊沒有。

久了鐵鍊勒開了脖子的皮肉鑲嵌了進去，然後外頭的表皮又重新癒合起來，就有了現在鍊子從脖子直接長出來的現象。

結束了外科二連擊的兩人走出手術室的時候已經是下午三點左右，大多的門診都已經結束，候診區只剩下幾個助理在整理環境。

當許路年和徐江臨要往醫師休息室去的時候，林莉亞拿著捕貓網風風火火的眼前經過，然後又折了回來。

「啊！路年，你在這裡剛好！」林莉亞一把將網子塞到人手中後，直接拖著人就往自己的診間走去。

徐江臨跟在後頭，看著林莉亞自然的牽著許路年的手，雖然是把人連拖帶拽地拉著，還是讓他有些羨慕。

「呼——」呼出口氣，徐江臨決定下班再來和蘇澄好好聊聊這件事情，或許把那天晚上的事情好好複盤一下。

「徐江臨你也來！」林莉亞一轉過頭就看到徐江臨準備要往休息室折去的步伐，趕忙把人喊住，「來幫忙抓，貓咪爬的可高了。」

一進入莉亞的診間，三人先看到的就是女飼主和蘇澄正在和爬得太高怕得不敢下來的貓咪精神喊話。

「大花！大花！媽咪在這裡，待會就上去救你。」

「大花，別怕。」蘇澄也仰著頭看著已經爬到冷氣機上頭去的貓咪。

「喵嗚——」大花大聲嚎了一下彰顯存在感。

安裝在診間最高處的冷氣機上頭，趴著一隻目測估計有六七公斤左右的大花貓，那隻貓收好牠的腳掌於胸前，尾巴繞著自己的身子一副已經選好居住處的安逸模樣。

要不是看到貓的臉腫得和加滿酵母菌的發酵麵包一樣，許路年都要猜可能那隻貓本來就住在那兒。

「真腫。」許路年看著腫著一雙貓眼都只剩一條縫的大花忍不住道。

「看到大花將頭探出貓籠的瞬間，我笑了。」林莉亞想起那顆大麵包頭伸出來的時候，還是覺得有趣。

「抓吧！」

徐江臨抬起頭衡量了一下位置，當他扳起三腳蹬架好的時候，有一個人已經搶在他前頭爬了上去。

看著那熟悉的馬尾甩動的弧度，徐江臨的眼皮子跳了跳。

「大花我來幫你了！」蘇澄爬上高處後朝著冷氣上方伸出手。

「喵嗷！」大花看到突然冒出了手十分不領情的咆嘯，身上原本平順服貼的毛還因此炸了開來。

「小心點。」在下頭穩住樓梯的徐江臨提醒著。

「大花，快來媽咪的懷裡！」女主人在下頭喊著，「跳下來沒事的，你可是大貓咪！」

許路年看著鼓舞貓咪趕緊往下跳，因為是貓咪所以不怕摔的女主人想了半晌後，出於不想再進一趟手術室的理念下，他請主人到旁邊坐著休息，讓專業的上！

「蘇澄，可以了！」林莉亞對著還努力和貓咪打太極的蘇澄說著。

最後抓不到貓咪的蘇澄只能一步步逼得貓咪往下跳，跳入下頭許路年已經準備好的網內。

蘇澄抓著三腳梯慢慢下來的時候，最後一階她順勢接過了伸到眼前要讓自己借力的手，麻利的下到地面，接著抬頭看了眼手的主人。

徐江臨：「……」

看著眼前發現扶她的人是自己馬上石化，甚至還緊張的左右張望似乎在找逃跑路線的蘇澄，徐江臨只想宰了那天晚上的自己。

唉……他是不是把兩人的距離隔得更遠了？

解決大花急性過敏的問題，將人送走後，許路年看了看努力不和徐江臨對上眼的蘇澄，低聲和徐江臨交代著。

「你們……在影響到工作前處理好。」

隨後許路年招呼了林莉亞兩人就往外頭去，看到室內空間只剩下她和徐江臨兩人，蘇澄移開了自己的目光也想跟著往外走。

當她的手碰到門把的時候，身後傳來的徐江臨的聲音。

「蘇澄，抱歉。」

蘇澄轉過頭看到的就是徐江臨微微垂著眸子，眼底充滿的歉意和無助。

這還是那天之後蘇澄第一次和徐江臨四目相對，也是她第一次看到徐江臨像是個做錯事的孩子般委屈。

「抱歉，我沒打算要嚇妳。」

「我也不知道該怎麼做才好。」徐江臨看著終於肯和自己對視的蘇澄露出苦笑，「也不確定自己現在該跟妳保持怎麼樣的距離。」

「或許那天我不該對妳表達心意，這樣好像使我們的距離越來越遠。」

「遠的妳連正眼都不肯看我。」

「也許一開始我就不該說我喜歡妳。」說道這徐江臨輕輕的抿起嘴。

「……你沒說。」蘇澄小聲的咕噥著。

聽到蘇澄細語的徐江臨露出一個溫和的笑容，他看著蘇澄的眼睛認真地說：「蘇澄，我喜歡妳。」

這話一說完徐江臨立刻感覺到自己渾身都熱起來，讓他很想找個沒人的地方躲著。

有這種反應的不只他，連蘇澄臉上和耳朵都一片泛紅。

她完全沒想到徐江臨一個大悶騷，居然會這麼乾脆地說喜歡自己，而且說完還有些反悔似的搗著自己慢慢變紅的臉，總感覺……怪可愛的。

稍稍緩過來的徐江臨看著蘇澄說出自己最後的讓步，「如果這些話會給你帶來困擾的話……」

蘇澄看著開始退縮的徐江臨，一把扯過人的衣領，踮起腳尖輕輕地吻上的徐江臨的唇，將他後續的話全堵了回去。

兩唇相貼雖然馬上就分開，那是那溫暖甜蜜的氣息仍在兩人間流淌，蔓延到整個診間的各個角落，綿延不止。

「才不會困擾。」蘇澄看著徐江臨愣住的臉道：「我再也不會逃開了。」

「徐江臨，我也喜歡你。」說完蘇澄又在徐江臨的嘴上輕啄了一下，這才鬆開對方的領子，心滿意足的揚長而去。

還在震驚中的徐江臨只能發愣的看著蘇澄對自己眨眨眼後，宛如勝利者一般的離開。

雖然感覺很好，不過他為什麼有一種花樓小倌被白嫖的感覺？

剛剛行事手段宛如情場老手的蘇澄一走出診間腳下馬上一軟，她靠著診間的門緩緩蹲下，雙手摀著早已通紅的臉，耳邊盡是叫囂著要跑出胸膛的心跳聲。

她剛剛是強吻了徐江臨嗎？

啊啊啊啊——蘇澄你長本事了啊！時間可以倒退的話，她一定要給十分鐘前的自己點讚……呸呸呸！提醒人要多點矜持才對。

可是剛剛氣氛實在是太好了，而且徐江臨那委屈巴巴的臉，可愛死了！

直到回到住院部，蘇澄都還頂著一張宿醉般微紅的臉，還有時不時忍耐不住的傻笑。

那笑容看得慕梨花都忍不住退了幾步，「妳……算了，我不問，妳什麼都別說！」

理智告訴她，或許問了會得到很可怕的答案。

看著蘇澄的笑容，慕梨花突然就想起了今早來送資料的南靖衍。

慕梨花像往常一樣的靠在住院部的一角，一翻開手機的相簿就是南靖衍那張映著陽光柔和無比的照片，陽光照射後的陰影讓他的五官更為立體，仔細一看眼鏡下的眼睛似乎還帶著笑意，她擱在刪除鍵上的手指遲遲無法按下。

另一隻插在口袋的手輕輕的揉按著那條無時無刻都在口袋裡彰顯存在感的藥膏，她沒發現自己看著照片思考要不要刪的時候，唇角已經帶上了笑意。

雖然兩人各站在住院部的一方，但是環繞著的氛圍卻帶著一致的清甜。

蘇澄處理完住院部的貓狗後，剛好趕上的下班時間，在住院部門口和整裝完成的慕梨花分開時，徐江臨已經等在那邊。

「今天不用加班？」

蘇澄看著人笑著問，現在她已經可以自然的面對人，跟白天只想瘋狂按下逃跑鍵拒絕進入戰鬥的情況完全不同。

看著眼前心情似乎很好的人，徐江臨也帶上了淺笑，「事情提早處理完，一起去吃晚餐？」

「小橙子！徐江臨！」

林莉亞揮著手走來，當她的眼神在蘇澄和徐江臨兩人間游移一會後，似乎明白了什麼，她順順的走過去接著勾住蘇澄的脖子把人往旁邊帶開一些。

「你們沒事了？」林莉亞小聲地問。

「嗯！」蘇澄有些不好意思地嘿嘿兩聲。

「怎麼解決的？」林莉亞有些好奇內幕內容。

她早上還看小橙子躲人躲得跟得了徐江臨恐慌症一般，結果一下班這兩人氣氛馬上好的不得了，連徐江臨那大冰山都有了笑容，她和許路年把兩人單獨留在診間的時候，一定發生了什麼事情！

偷偷撇了徐江臨一眼，準確來說是鼻子以下，下巴以上那紅潤的地方一眼，蘇澄在林莉亞耳邊低語：「我好像……好像強吻了他。」

「妳強吻了唔唔唔……」

雖然林莉亞的驚呼馬上被蘇澄的手掌摀住，但是不妨礙一旁的許路年進行腦補充，然後笑著調侃被用強的某人。

「我以為你是走霸道總裁那種設定。」許路年嘖嘖兩聲，「沒想到真正的霸總是蘇澄啊！」

「……」

那一瞬間也覺得自己氣勢輸了一截的徐江臨，無話可反駁。

「恭喜把夫人找回來。」許路年拍拍徐江臨的肩後，笑著走過去把自己家的那位夫人帶走，讓她別再逼問已經整張臉要熟起來的蘇澄細節。

「蘇澄，棒！」林莉亞對蘇澄豎起了大拇指，「喜得老爺。」

「莉亞，超棒！」蘇澄也對林莉亞豎起了兩邊拇指，「同喜同喜。」

在兩人互相捧來捧去，被晾在一旁的男伴只能無奈陪襯的時候，櫃檯的助理快步走了回過，只是她的目光原本有些羨慕，直到看到了蘇澄還有她身後站著的徐江臨突然變得微妙。

她最後看了眼許路年和林莉亞，原本大聲喊出的蘇字音量立刻轉到最小，最後她彷彿像是得知了甚麼祕密一般小聲地在蘇澄耳邊說：「蘇澄，妳男朋友在櫃台等妳下班。」

「我男朋友？」蘇澄半點櫃檯小姐的顧慮都沒有，眉頭一皺直接說了出來。

「穿著西裝打領帶一副公司高幹模樣，還請了十幾杯的咖啡。一見面就說他是妳的男朋友，感謝大家對妳的照顧。」

「然後說是要等妳下班，接妳去吃晚餐。」

草，是一種當人類憤怒的時候就會瘋狂茂盛生長的一種植物，通常念作四聲。

雖然早有心理準備會是怎麼回事，但是當蘇澄看到了現場時，還是忍不住想要問候他家所有的植物。

陳立安笑著和櫃檯人員笑語著，外在衣著筆挺看上去一表人才，再加上又請了飲料，直接把好感提了上來，因此櫃台人員還沒下班的都圍著他聊著。

「蘇澄！」陳立安看到蘇澄開心了揮著手，立刻撇下圍著他的小姐姐們迎了上去，「妳怎麼這麼晚才下班？」

蘇澄還在深呼吸努力組織自己的語言，想辦法不要一開口就爆粗時，不懂得讀氣氛的陳立安繼續自顧自地說下去。

「蘇澄，我想好了。妳真喜歡這工作的話，那就繼續做，不過大學畢業就到我的公司來幫我好不好？喜歡寵物我們就多養一點沒關係。」

「如何？」陳立安說到一個段落還特別停下來等蘇澄做反應。

忍了好半晌，蘇澄終於憋出一句比較文雅的話：「你有病啊？」

「我約了晚餐時間都快遲了。」陳立安說著還清皺了皺眉，伸手就想要去拉蘇澄。

沒等蘇澄再給人一拳，徐江臨直接拉住蘇澄往自己的身後帶，將人守在了背後。

陳立安看到擋在眼前的徐江臨不耐煩的嘖了聲，一副怎麼又是你的模樣。

「蘇澄，你昨天打我也打了。別再鬧脾氣了！」

被擋在身後的蘇澄看著徐江臨的背影，原本有些浮躁的心立刻安定下來，好似只要他在自己前頭，就永遠不用害怕。

「說完了？」徐江臨對著人直接冷聲。

他越來越搞不懂這男人到底憑著哪一點對蘇澄糾纏不清，其實不光徐江臨，就連蘇澄冷靜下來後都無法找出當初會和陳立安在一起的原因。

估計最有可能是因為那時候眼睛張太小，看不清楚他那個人真正的樣子。

「你又算什麼？」

聽到這問題，徐江臨斯毫不猶豫地道：「她男人。」

「男朋友？」

陳立安馬上上下打量著徐江臨，身上不過就是穿著最一般的醫院制服，腳上踩著一般的運動鞋，嘖嘖嘖跟自己沒得比。

彷彿吃下一顆定心丸，陳立安繼續探頭對躲在徐江臨身後的蘇澄說：「阿澄，妳一定是故意找一個人氣我的對不對？」

「……這人病的真重。」林莉亞也聽不下去的把蘇澄在往後帶了帶，避免她被這種絕症傳染。

「男朋友隨時都可以換。」陳立安依然覺得自己勝券在握。

不過就是男朋友，誰還沒當過誰的男朋友。

「以後我們會結婚。」

徐江臨一句話就這麼脫口而出，讓旁邊看熱鬧的人都倒抽了一口氣。

他們是瞧見了求婚現場嗎？那個徐江臨？那個據說一輩子都會跟狗過的徐江臨？

剛剛稍微釐清才知道原來徐醫師和住院部最近很熱門的蘇澄在交往，結果兩個人已經是論及婚嫁的程度嗎？

前頭有了一個許醫師當英勇的騎士，後頭艾奈盟鎮院的徐醫師原來已經要當人夫了！

這樣這醫院還有沒有誰不禿不老還能看的？沒了啊！

一時間醫院交頭接耳的議論四起，不過這些絲毫都沒有讓徐江臨對於自己說出的話有半點後悔。

就這麼一句以後我們會結婚，直接堵的陳立安啞口無言。

楞是他也沒有那種氣魄將結婚說出來，而且認真的讓人感受不到半點玩笑的成分。

去請醫院警衛過來處理的許路年，一抵達現場就看見周圍的員工都帶著歡快的笑意，陳立安面色難看的站在原地，徐江臨……徐江臨就那張臉也沒啥特別好說的。

然後很幸運的他趕上了現場名場面重現。

「嗯，以後我們會結婚。」徐江臨再度重申了一次。

躲在林莉亞後頭想要原地蒸發的蘇澄很清楚的看見徐江臨說完那句話後，還特別轉過頭來對她露出笑容，彷彿在徵求她的同意一般。

轟的一下，腦內無法處理這麼熱騰騰的訊息的蘇澄直接選擇關機。

徐江臨轉過頭就看見躲在最後頭摀著臉耳朵紅得不得了的蘇澄，朝自己豎起讚賞拇指的林莉亞，還有一臉微妙的許路年。

許路年看了想原地消失的蘇澄一眼，嘆了口氣，「有句話不知道當講不當講。」

「我讓你搞定人，沒讓你搞定後又出來嚇人！」

第九章　那未來要結婚嗎？

「嗚汪汪——」

「汪！」

「喵喵喵喵！」

艾奈盟無論哪一個部門每天都十分熱鬧，尤其是住院部。早上的診療結束之後，緊接著就到了病癒的寵物辦理出院的日子。

「回去後記得注意溫度和保暖，暫時不適合吹冷氣。有問題都歡迎來電詢問。」徐江臨在住院部和飼主交代著出院後應該注意的事情。

「我們到外頭辦理出院手續。」徐江臨和提著籠子的蘇澄點點頭後就先帶著飼主去辦理手續。

「蘇澄，我去處理另外一組要出院的。」慕梨花揚揚手後也離開現場去準備下一組的出院資料。

蘇澄看著籠內胖呼呼的大橘貓笑彎了眼，「大虎，回家後要好好聽話喔！」

「喵——」

大虎伸展著身軀，討好的蹭蹭蘇澄的手掌，然後縱身一躍在住院部裡頭開始奔跑，帶著痊癒的身軀跑的那叫一個快活。

「大虎！回來！」

「我會跟你媽媽說讓她回去處罰你，快過來！該回家了！死賴在這裡沒好處，醫生很兇的！」

「喵？」

發現自己的話得到回應，蘇澄繼續說下去，「小心被徐醫師打屁股，他最兇了我告訴你！」

最後在蘇澄連哄帶推之下，大虎才願意進去貓籠內。

到了下班時間，在醫師的休息室門口蘇澄偷偷往裡頭探頭。

徐江臨馬上就注意到了在門邊鬼鬼祟祟的某人，「什麼事情？」

「那個、那個你下班後能來我家嗎？」

說完蘇澄還乞求似的合起了掌，搭配上她的大眼睛眨呀眨的，直眨的徐江臨被其他滿肚子黃色廢料的同事側目。

……這是什麼問話方法？

嘆了口氣，徐江臨提早結束手邊的工作，省得人就像吉祥物一般地站在休息室門口發呆。

「走吧！」

下了班徐江臨手順手的就拿過了蘇澄裝著學校厚重課本的背包，長腿一跨在人將自己的東西搶回來之前，率先往前領先了不少距離。

「徐江臨，我的包可以自己拿！」

「我要拿去扔掉。」徐江臨作勢走到垃圾桶前停留。

「……你這樣很容易失去我的！」

蘇澄看倒徐江臨在前頭對自己伸出來的手，笑吟吟的牽了上去，大掌溫暖的讓人想永遠握在手裡。

「徐江臨。」

「嗯？」徐江臨側了下頭。

「沒什麼。」蘇澄笑著搖搖頭。

她現在好像能夠理解，電視中為什麼會有人無聊到喊人的名字只為了看到對方回過頭時，眼裡的倒影只有自己。

那是一種好像對方的全世界在那一瞬間只有自己的滿足感。

「嘿嘿……」自己想著想著突然樂起來的蘇澄低低的笑了幾聲。

林莉亞和許路年在醫院門口一同等車，肩靠著肩的兩人一舉一動無論是相視而笑還是低聲討論，舉手投足之間都有種平淡卻幸福的感覺。

兩人看到走來的蘇澄和徐江臨打了聲招呼。

「徐江臨、小橙子！」

「我們去看電影，一起嗎？」許路年雖然嘴巴上說著的是詢問句，但是他看向徐江臨的目光卻是肯定句，那目光專注且有著不容拒絕得堅定意味在。

要不是蘇澄知道許路年不是這種人，都要懷疑他是不是看上她男人了。

「許路年，這男人今晚我包了！」蘇澄站到徐江臨的前頭，用拇指指了指自己的胸口，「誰都不能越過我動他！」

徐江臨看著不知道為什麼突然戲感爆棚的蘇澄，只能打出一段省略號。

「唉呦，蘇大爺眼光不錯。小徐他可是本樓的當家紅牌，好好待他。」

「那當然，本爺一定會好好疼他的。」蘇澄笑咪咪的接過林莉亞的節奏，「林老闆旁邊帶著的瞧著也挺好，多加磨練指不定哪天就成了頭牌呢！」

徐江臨看著許路年也跟上自己的步伐，對於蘇澄和林莉亞的雙簧打出了一串省略符號，他拍拍只有自己肩高的小腦袋瓜兒無奈道：「好好講話。」

制住了蘇澄突然勃發的表演慾，他問著：「看哪部電影？」

「驚叫十二天，一起嗎？」林莉亞發出邀請，而一旁的許路年則是一臉希冀的看著徐江臨。

聽到片名的蘇澄特別走上前搭著許路年的肩膀，然後用拇指抵住自己的喉頭往左橫拉，做出了割頸的死亡動作。

「保重，希望明天還能看見身心靈富足健全的你。」蘇澄語重心長的對許路年交代著，那沉重的口吻只差沒讓許路年趁早向她交代一下遺言。

驚叫十二天是時下最當紅的驚悚恐怖片，故事概略在描寫一個男子死前十二天所遇見的種種怪談。

更詳細的故事內容，還有精華片段擷取的預告片，慫包如蘇澄從來沒有勇氣看完過。

蘇澄這時候也了解到方才許路年做什麼要充滿企圖心的盯著徐江臨，原來是打著拖一個人是一個人壯膽的主意啊！

呵呵，可惜今天靠山是她的！

四人在醫院門口分開前，慕梨花也正巧從艾奈盟走出，她好好的和林莉亞、許路年還有徐江臨笑笑揮手打招呼，只在目光掃到蘇澄的時候用拇指惡狠狠地朝地下一指，做出了讓她下地獄的手勢。

「吵架了？」林莉亞第一時間就猜這對住院部組合，肯定是發生爭執，不然為何慕梨花那眼神看上去兇惡的就像是想要吃人。

「這是小梨花對我的愛。」了解事發原因的蘇澄乾乾的笑幾聲。

「……這愛還真沉重。」其餘三人點評。

慕梨花手上的傷痕，在南靖衍所給予的藥膏加持下很快地好轉，那種一定會留下深色傷痕的傷口也癒合到只剩下細細的一條白線，不仔細看根本看不出來的程度。

而今天回過神的時候，她已經約了人在商店街碰面。

發送訊息出去的時候慕梨花其實有這麼一瞬間的後悔，但在看見南靖衍很乾脆地答應見面，她又覺得有些高興。

「一定是藥膏的恩情轉移到了他身上，不過就是一個四眼眼鏡男。」站在熱鬧的商業街上，看著來來往往的人群，慕梨花小聲的碎唸著。

「久等了！」南靖衍遠遠的從一方小跑過來，他穿著輕便但卻時髦，打理過的頭髮長度恰到好處，看上去清爽宜人。

「慢死了。」雖然他並沒有遲到，但是慕梨花還是碎唸了一句。

「抱歉抱歉。」南靖衍笑著道歉。

慕梨花看到人後打開背包從裡頭抽出了一個深藍色的病歷板夾，「給你，藥膏的謝禮。」

愣了下南靖衍爽快地收下禮物，「那我就不客氣了。」

稍稍看了一眼他發現本該是單色的病歷夾上在一個不起眼的角落有一排娟秀的字跡。上頭寫著：實習加油！成為優秀的獸醫師。小白字的後頭還畫了一個帶著蝴蝶結的可愛小兔子，十分有慕梨花的風格，讓南靖衍看見後露出了笑容。

看見他的笑容，慕梨花下意識地就想把所謂的禮物搶回來。

「不喜歡就還我！」

「喜歡。」南靖衍手一揚，舉到慕梨花勾不到的地方，「我很高興。」他這麼直白的表達，讓慕梨花有些不好意思的撇開了頭，明明看見對方喜歡自己的禮物也很高興的她，硬是要小聲的咕噥：「你可別誤會，都是藥膏的謝禮。」

「好好好，藥膏擦完了，還可以找我拿。」南靖衍對於慕梨花彆扭的表現只能無奈地笑笑。

「沒事的話我就先……」

慕梨花的走字還沒說出來，不遠處突然有人喊了一聲南靖衍的名字。

「南靖衍！」三個手裡還抱著顆籃球的大學生朝南靖衍揮著手。

「你朋友嗎？」慕梨花隨口問著。

「嗯。」南靖衍也朝來者揮手示意。

「你女朋友嗎？」

三人單刀直入直接的問句，讓原本平常嘴巴厲害的很的南靖衍都有點兒反應不過來，「不，她是……」

「怪不得今天不和我們打球，原來是約會啊！」

「那我們就不打擾你們，好好玩。」

「剛上大學就交了漂亮女伴，不愧是南哥。」

「等等，她……」

來人跟來的時候一樣，揮著手嘻笑著快步離開，不給南靖衍任何解釋的時間，就直接把兩人的關係給定了下來。

南靖衍轉過頭看著也有些愣住的慕梨花低低嘆口氣：「抱歉，讓妳被誤會。」

「回頭我會和他們解釋清楚。」

其實並不在意的慕梨花眼珠子一轉，想到好主意的她開口：「請我喝飲料我就原諒你。」

「妳還真不客氣啊！」南靖衍也是第一次遇見有人會直接開口要自己請喝飲料求原諒的。正常不都是直接說沒關係，不介意嗎？她還真是不按劇本來……

「不然我就跟他們說你始亂終棄。」慕梨花邊說手指頭已經指向一家正排著隊的飲料店。

「請妳喝兩杯。」南靖衍為了堵住慕梨花的嘴也是下了血本，只是他朝排隊的人龍一望，那已經折了三折的隊伍讓他眼皮跳了跳，「排隊的人還真多，能換家嗎？」

為了一杯飲料排這麼長的隊伍，珍珠奶茶喝起來不都一樣嗎？這個世界他不懂。

對於南靖衍提出想要換一家人少點的飲料店的想法，慕梨花拒絕得十分乾脆，「原來你是這種玩完就把人拋棄的噁心男人。」

「……不過就是排隊，走！」

慕梨花看著三步嘆氣一次一臉遇人不淑的南靖衍露出了笑容。

平時她也是不喜歡排隊的人，只是不知道為什麼她今天就想在這裡待久一點。

「珍珠奶茶喝起來味道不都一樣嗎？」站在隊伍最後端，望著看不見盡頭的隊伍，南靖衍試圖再挽回一波打消慕梨花排隊的念頭。

不過這波挽回全敗在了慕梨花笑彎著眼的笑容裡，「當然不一樣，這杯奶茶可關係到你的聲譽啊！」

🐾 🐾 🐾 🐾

另一邊告別一臉赴刑場般的許路年，還有死拽人不讓逃跑的林莉亞，蘇澄和徐江臨在路上隨意吃了點東西後直接到了蘇澄家中。

「徐江臨，你身上有皮脂的味道，最後的診是治療皮膚病？」

進了門內，蘇澄便湊了上去輕輕地嗅了嗅徐江臨身上的味道，特殊皮膚疾病的味道她稍稍一聞便猜出了大概。

她這個動作讓徐江臨也拎起領子聞了聞，上頭有消毒水的味道，還有混和動物油脂和唾液分泌物……是最後那隻老往他身上磨蹭頭的法國鬥牛犬。

各總各樣的味道混雜在一起，又經過時間的氧化發酵，其實不好聞。

徐江臨看著整潔的房間，還有淡色系的沙發，整個室內空間還環繞著屬於蘇澄那種淡淡的氣味。

稍作思考，隨身會多準備一套換洗衣物防止動物排泄物噴濺的徐江臨借用了蘇澄的浴室沖澡。

「水龍頭往左邊是熱水，右邊是冷水。左手邊這瓶是沐浴乳，這個是潤髮的，這瓶乳白色的是洗髮乳。」蘇澄將人帶到浴室後，簡單的對架子上的瓶瓶罐罐說明。

「有問題就大叫，我會衝進來。」最後很有自己風格的提醒後，蘇澄地走到浴室門外，然後細心的留下一個門縫方便自己衝進來。

看著門縫後那雙眨也不眨盯著自己瞧，好像在期待後面會發生什麼有趣事情的眼睛，徐江臨扯扯嘴角道：「要不，妳也一起洗？可以隨便看喔！」

「……可惡，你一定是想占我便宜。」

徐江臨：「……」

現在到底誰要佔誰便宜，打算偷看的不是妳嗎？

最後敵不過羞恥心的蘇澄放過了無辜的門縫，窩到了沙發上處理著學校作業。

在柔軟的沙發上，輕哼著歌的蘇澄聽到浴室水聲終止的時候，徐江臨的聲音就傳了出來。

「幫我拿一下背包裡衣服。」

徐江臨沖完澡擦著身上水珠子的時候才想到，他把乾淨的衣服忘在了沙發上的背包裡。

不過顯然外頭的人並沒有要輕易地幫他拿的意思。

蘇澄看著已經被她拎在手裡的背包，思考了半晌後決定：「求我的話，我可以考慮。」

浴室內的徐江臨：「……」

等了好一陣子都沒有聽到徐江臨有什麼動靜，佔了口頭便宜正準備要替他拿衣服的蘇澄就聽見浴室門咿呀——的被推開。

徐江臨只在下半身圍著一條浴巾就這麼走了出來，裸露的上半身還沾著水珠。

「……小心著涼。」

將視線從他的結實的上身移開，蘇澄對著他故作鎮定地提醒著，然後面對朝自己越走越近的徐江臨，老實說蘇澄又想逃了。

只是徐江臨的動作更快，整個人的影子一下子就壟罩住蘇澄，他俯下身去一手撐在了蘇澄脖子後沙發上，將她整個人圈在了自己的身前。

剛洗完澡的沐浴香味，還有屬於徐江臨的氣味搭配著溫熱的水氣一下子將蘇澄包裹起來，讓她心跳突然從九十左右一下子上升到一百二，咚咚咚的瘋狂作響。

「妳可千萬要記得把衣服帶進去。」徐江臨伸手將自己濕漉漉的頭髮一口氣自額往後撥去，笑著對蘇澄叮嚀。

接著像是要回擊她的頑皮似的，徐江臨繼續朝人慢慢貼近，在人已經往沙發後頭縮到沒地方縮，雙手已經承受不了更近距離都抵上自己胸口的時候，他這才趁著氣氛變得更加一發不可收拾前呼出一口氣，用手捏了把蘇澄的臉，拿著衣服退開。

擦乾自己的頭髮後，徐江臨坐在沙發的一端，看著經過剛剛的事情突然整個人安份起來的蘇澄。

……也不知道還能安份多久。

「說吧！狀況多緊急。」

聽到徐江臨一開頭就是這麼一句話，蘇澄愣愣的看了過去，「讀心嗎？」

徐江臨看了一眼已經被她丟滿各式各樣資料和文獻的桌面，用食指敲了敲直接問：「報告什麼時候要交？」

桌面這一大摞的資料全部都是他在學生時期，準備交大報告的時候才會出現的東西。

因此徐江臨直接推測，蘇澄肯定有什麼東西寫不完或是需要人幫忙看，才會特別下班的時候埋伏他。

對於徐江臨的猜測，蘇澄直接給予了扼腕的表情，她摀著自己的臉悲痛表示：「周末要交病例報告，我只寫了開頭。」

今天週三，那表示還有三天左右的時間，病歷報告的話應該來得及。徐江臨直接估算出學生的話寫一份病歷報告所需要的時間。

「教授說寫不好、交不出來或是遲交的話會死得很難看。」

想起那天教授警告他們的表情，蘇澄一點都不敢懷疑那句會死得很難看其中有沒有摻水份。

就連上課最漫不經心的南靖衍那時候都坐挺身子啊！

「哪個教授？」徐江臨問了句。

「江程郎教授。」

「……選哪份病歷，我看看。」

「徐江臨，認識你的這半年我過得很愉快。」

看到徐江臨的反應蘇澄決定先交代遺言。

你居然沒有回嘴說死不了，表示江教授的報告如果有任何差池一定存在死亡率對吧！

「不要說得好像自己得了絕症，下一分鐘就會死掉。」已經稍微習慣蘇澄慣性腦飛躍的徐江臨用手裡的資料拍了人的頭一下，「現在開始用就死不了。」

蘇澄看著已經在閱讀文件資料還有報告的徐江臨，覺得他認真起來的樣子真好看，好像張開一層結界一般只要待在裡頭就能渾身充滿安全感的舒適。

「先說說看你為什麼挑這個病歷當作報告主軸。」

「還有你這份報告的核心問題是什麼。」徐江臨看過一次之後，馬上挑出主要問題做出詢問。

拍拍自己的臉，蘇澄也馬上讓自己進入狀況，和徐江臨一塊討論起報告內容。

聽完蘇澄說的報告內容，徐江臨想了想斟酌用詞後說：「你這份報告可能連許路年都不會給過。」

「徐江臨。」蘇澄拍拍徐江臨的肩膀，一臉沉重的表示：「我可能活不到那時候，這週六繳交報告就會死掉。」

「……所以這裡要這樣修改。」徐江臨直接忽略某人的小劇場，用原子筆在需要修改的地方畫上線條，並開始說應該怎麼修正會比較好。

徐江臨繼續幫蘇澄用筆記型電腦看報告和文獻的時候，蘇澄從原本的端正坐姿逐漸變形，現在整個人已經趴在了沙發上，一雙腳還在徐江臨的腿上、腰上或是腹部位置不停的蹭一下踢一下碰一下的。

被不停的騷擾到有些分心，徐江臨從她的腳掌開始看了過去，一雙筆直修長的腿從短褲下延伸出來，在往上是有點從捲起的衣服下露出的一小截腰和光潔的背。

散在腦後的長髮有一些遮住了白皙的頸脖，一些垂掛在了從向下歪斜的領口露出來的圓潤肩頭。

隨著一雙腳在他身上碰喀著，腿部的肌肉微微的弛張，背線也清晰可見。

徐江臨一把按住了還在自己身上胡亂動著的腳，提醒了句：「別亂動。」

奈何蘇澄就是屬於那種要是告示牌上寫著請勿踐踏草皮，就會想踩踩看瞧瞧會發生什麼事情的那種好奇心旺盛的做死性格，所以她聽見徐江臨的沉聲後仍試探性的用腳在人的腰上又蹭了幾把。

不得不說碰起來既溫暖又柔軟的感覺還挺舒適的。

接著蘇澄聽到徐江臨輕輕嘆口氣後，不用她回頭她便清楚地感覺到自己的背後有一股屬於徐江臨的氣味包覆上來，被控制在身下的感覺讓蘇澄一時間都忘記要逃只能僵在沙發上。

「徐江臨？」

突如其來的狀況讓蘇澄僵硬的連脖子都轉不過去確認，現在那人是什麼樣的姿勢。

徐江臨一手輕壓在蘇澄的腰背上，一手撩開了蘇澄散在身後的頭髮接著他吻了露在外頭光滑的肩頭，那吻順著肩線往脖子移動，最後一口輕輕地在她的頸後咬了一口。

高度專注在自己身後的蘇澄感覺到那來自肩頭的吻，還有嘴唇順著肩膀弧度若即若離的輕撫，最後脖子後的刺癢讓她一瞬間全身像過電一般顫慄了下。

徐江臨呼出口氣在蘇澄的耳邊有些低啞的說：「安分點，不然我怕妳的報告真的會做不完。」

「對不起！請你高抬貴手！」蘇澄幾乎是顫抖著說出這句話，要是姿勢允許她一定會馬上滾下沙發。

不一會她感覺到在身後制住自己的人起身離開，她大口的呼吸了下新鮮空氣，整個人才又重新放鬆下來。

將蘇澄的表現全看在眼裡的徐江臨只能默默在心裏悄聲嘆息，女朋友愛在挑逗的邊緣反覆橫跳，但膽子又很小……有趣歸有趣，但是就怕把人欺負狠了又會被躲著。

反正時間還久，慢慢來吧！

這次估計她能安生更久一點……

蘇澄安靜不過幾分鐘的時間，坐在一端很認真看著手裡資料想報告該怎麼處理會比較好的徐江臨，就感覺到自己的腿上一沉。

無奈的抿抿嘴，徐江臨將手裡的資料往旁邊移了移，想看看枕在自己腿上的作死澄又有什麼突發奇想想來試探看看他的忍耐風度。

徐江臨低頭就看見臉還有些紅的蘇澄衝著自己咧嘴一笑。

「什麼事情？」

「徐江臨。」蘇澄先是喚了聲，接著她一雙清透的眼睛認真地看的徐江臨問道：「你那天說的話是認真的嗎？」

「什麼話？」

「你說……」說道後頭，或許是因為害羞還是覺得不應該糾結在這問題上面，蘇澄的聲音越來越小，「你說你以後要娶我。」

她這麼一說，徐江臨也想起了幾個月前他對蘇澄前男友，又或者是對在場所有人所說出的話。

那時候他會這麼說雖然氣氛緣故占了大多數，但是回過頭仔細想想後他並不後悔說出這句話。

他其實是真的很想看著蘇澄成長，看著她實現自己的夢想，看看她能走到多遠多高。

當然他會一直在她的身邊，決不會輕易鬆開手。

徐江臨短暫的思考一會後，他以同樣認真的神情看著蘇澄問：「那要結婚嗎？」

「……可是要等我畢業成為獨當一面的獸醫師還要很久很久。」

蘇澄沒有正面回答這個問題，而是提出了她一直以來的目標。

「雖然還要很久，不過你已經足夠努力了不是嗎？」徐江臨看著蘇澄露出淺淺的笑容，「我會等妳。」

「不會太久的！我很快就追上。」嘿嘿的一聲蘇澄笑的十分開心。

說完話的她也沒有移開自己的頭，像是躺上癮一般繼續枕著溫暖柔軟，還特別變換姿勢讓自己躺的更舒適的腿。

也不在意人要躺多久的徐江臨才剛回神繼續看資料時，就聽到資料下的人說：「我已經向艾奈盟提出辭呈了。」

「嗯。」徐江臨表示理解的點點頭。

也差不多要進醫院實習成為實習獸醫師了，這時候繼續維持住院部助理的工作確實不恰當。

專心的把獸醫師該做的事情扎實的學好，然後試著自己寫出一份完整的報告爭取在各個教授或是許路年的手下活下來更為重要。

「上班到什麼時候，讓我抓緊機會最後好好壓榨妳。」徐江臨半點都沒有要修飾他確實利用權力在奴隸蘇澄的事情。

「……請放過那無辜的廣播！」蘇澄半瞇著眼橫了徐江臨一眼。

停頓了半晌，當蘇澄覺得氣醞釀的差不多時，她這才說出今天會讓慕梨花對她比出下地獄手勢的理由。

「明天是最後一天上班。」

聽到這個答案，淡定如徐江臨手裡的資料都差點掉在蘇澄臉上。

那剎那徐江臨的表情就跟當初蘇澄把自己準備離職的事情告訴工作好夥伴慕梨花是一模一樣的。

那時慕梨花回過神後放軟了神情，走過來拍拍蘇澄的肩膀說了聲加油，還讓她在成為偉大的獸醫師前不許放棄。

而被答案嚇到的徐江臨也是伸手揉揉腿上的小腦袋瓜兒。

起初兩人都是一樣有些錯愕神情，不過最後兩人的表現也是一樣的眉眼溫和。

讓蘇澄覺得自己實在是幸福極了，不論是工作還是哪裡，現在都有人支持著自己的決定。

「開始捨不得了？」

蘇澄眨眨眼睛後起身湊近徐江臨，似乎要好好看清楚那人不捨會是什麼樣的表情一般，結果對方只是有些傲嬌的稍稍把頭扭開，讓她看不見他完整表情。

「怎麼這麼晚才說？」徐江臨問著。

「太早說，我怕你會提早捨不得。」

「我才不會。」

「就你這張小嘴不誠實。」戳了徐江臨不願意正眼看自己的臉頰一下，蘇澄挪了下身子重新在他的腿上躺好。

「放心，我很快就會回來。然後很快就會變得很厲害，很會看病，接著超越你！讓你給我打下手！」蘇澄興致高昂地說完後，對著徐江臨伸出自己的小指頭。

徐江臨這回終於正臉看看躺在自己腿上的人是多麼的光彩耀人，對上蘇澄閃閃發光又充滿自信的笑臉，他眼裡也盈滿的笑意。

他伸出小指和蘇澄的小指勾住輕輕晃了晃。

「我拭目以待。」

徐江臨走在安靜的小道上，想起蘇澄那愛鬧但又怕羞的很，稍稍一逗弄就會像小動物一樣僵直的快要猝死的模樣低聲笑了笑。

腦海裡回放最多的是她驕傲的說要超越自己，但又讓自己別走太快要記得等等她孩子氣卻自信的神情。

叮叮叮——

徐江臨的手機收到一則來自許路年的訊息，他點開那張黑白色的圖片檔，想著或許是明天上班的預約手術刀。

手機上頭的X光片是一隻貓咪的骨骼，只是影像顯示牠的左大腿骨斷成了三塊，右大腿骨也從中間斷開碎的一踏糊塗，就連骨盆腔的位置都有明顯的裂痕。

出了車禍嗎？

徐江臨看著斷的十分悽慘的骨骼影像皺眉。

沒讓他猜測發生原因太久，許路年撥了電話過來。

「喂？」稍稍停在路邊，徐江臨接通電話。

「徐江臨，這是病例編號二一七的貓咪。」許路年直接切入話題重點。

編號二一七？怎麼感覺這麼熟悉……

「這隻貓咪一周前入院治療嚴重的呼吸道感染問題，今天下午由你和蘇澄辦理出院手續。」

「今天出院的貓咪？」

聽著許路年的描述，再看到那張悽慘的影像圖片，徐江臨隱隱約約有了不好的預感。

「這張X光影像是由我在A市另一家動物醫院的朋友傳給我的。」

「然後？」徐江臨問著。

「飼主的主述是，她將貓咪帶回家後，發現貓咪後半軀無法站立。因而帶到醫院看診，檢查後的結果如X光所述。」

聽到這裡，徐江臨大致上明白許路年將這事情告知他這主治醫師的理由。

他眼睛瞇了瞇問著：「主人覺得貓咪的嚴重骨折是我們造成的？」

電話那端的許路年嘆了口氣答道：「貓咪的主人覺得她的貓咪在住院的時候，受到了不人道的對待。」

第十章　這是我給妳的魔法

滴滴答答答答——

綿綿不斷的細雨不停的落下，爾偶還伴隨著雷鳴閃電，就算待在室內也能感受到那濕黏的空氣。

艾奈盟的地面也印上了一層水氣，被人來人往的腳踩出了一層濕濘的感覺。

最後一天上班的蘇澄完成住院部的交接事宜，在慕梨花帶著殺氣的眼神祝福中離開了住院部，直接被院長派到了門診做為最後一天的上班崗位。

而醫院的傳統習俗信仰不外乎就是吃鳳梨會旺、生日會旺、還有最後一天上班會旺旺旺。

就算外頭不停的下著小雨，明明是大白天天色卻暗的如同傍晚一般，艾奈盟的門診候診區依然是人滿為患。

潮濕悶熱加上有些人的髮梢還滴著水，寵物身上的毛髮濕黏，本該光潔的地板大廳被踩了充滿黑印，稍加不甚隨時都可能滑上一跤。

這些全湊在了一起，看上去就是一場災難！

潮濕的毛髮貼著皮膚，讓清理傷口的過程更加繁瑣困難，剃毛的電剪輕輕鬆鬆的就會被濕黏的血加水還有皮毛糾纏的一動也不動。

或許是天氣導致視野不佳，無論是車禍、外傷或是關節痛的動物一隻接著一隻的湧入。

「明明不是假日後，卻忙的靈魂要分裂。」正在清理著犬隻外傷的許路年小聲咕噥，接著他稍微抬眼看了來支援的蘇澄，「是不是有誰發生了什麼好事情？」

「剪刀。」徐江臨的手一攤，蘇澄立刻把剪刀啪的一聲放上去。

順利將黏在傷口上的毛和潰爛組織剪下的徐江臨道：「蘇澄今天最後一天上班。」

「嘶——」許路年聽到後立刻發出了牙齒被口水塞到的抽氣聲，「那麼今天忙到下班就只能全怪妳，早知道昨天就點鳳梨冰沙喝，反正都得旺。」

「不過還真有妳的。」許路年俐落的縫傷口的時候，繼續言語上調侃著蘇澄，「瞞到了最後一刻才說，還是不是朋友？」

將許路年拉起來的多餘縫線剪掉，蘇澄笑咪咪的說：「提前說我怕你們會難過太久。」

「呵呵，很期待妳成為實習生再度踏進來的時候。」直接猜中蘇澄離職原因的許魔王笑了聲。

沒記錯的話，新的一批實習生下個月就會進來。

到時候一定有一個叫做蘇澄小夥伴，他可是期待著呢！

「我們不是朋友嗎？」蘇澄嘗試著為自己爭取一點生存機會。

「一碼歸一碼，我可不會放水……蘇澄，左大腿開放性傷口，我要縫合。」許路年不帶遲疑的說著。

「蘇澄。」徐江臨那邊也抬起了頭，「抗生素一毫升。」

「好！」

快到中午的時候，好不容易從外傷火車中稍微解脫的三人組，迎來了午休前的最後一組客人。

年約中年的男子身上穿著已經洗到失去彈性只能鬆鬆垮垮罩在身上，被洗的發白的上衣甚至還有些透光。褲子也充滿了縫補的痕跡，褲口的部分更是充滿了脫線的鬚毛。

男主人看著手裡的貓咪中滿了緊張和憐愛，他抬起頭看到準備看診的徐江臨批頭就是一句：「醫生，我沒什麼錢。」

「咪咪這樣子看病要花很多錢嗎？」

「先讓我看看。」徐江臨沒有馬上接話，而是輕輕的接過虎斑色的貓咪細細查看著，

「牠現在有什麼不舒服的地方？」

「咪嗚——」虎斑貓喵了一聲就想往男主人的身上鑽回去。

「咪咪乖。」男主人安撫的摸摸貓咪的頭，「牠從昨天開始就沒什麼吃東西，今天精神

也不好。」

「醫生……會很貴嗎？」

男主人雖然在徐江臨檢查的期間不停的詢問有關價格的問題，但是任何一句如果很貴那我就不要檢查，或是我就不要治療的話他從沒說過。

只是不停詢問著能不能分期付款。

「我今天只能付五百塊的診療費，下個月我有錢了還會再拿來。」

「請問這樣能治療咪咪嗎？」男主人的手緊緊揪著自己已經發皺的衣服，有些忐忑的問著。

蘇澄在旁邊看到雖然也替主人的狀況感到擔心，但是她是在場最沒有資格開口說話的人，一切的決定和判斷都只能藉由徐江臨和畜主溝通。

就連在旁邊整理病歷的許路年也只有抬頭看了一眼，便不再搭理。

徐江臨看到這麼直白告訴自己沒有太多的錢，但是眼裡卻渴望寵物得到治療的主人輕輕抿起了唇。

這時候如果拒絕診治理論上他沒有錯也沒人會怪他，可是看別的醫師拒絕很容易，輪到自己身上的時候就完全不是那麼一回事。

「醫師可以嗎？我下個月一定會還錢。」

思想掙扎了一下後，徐江臨點點頭，「好。」

不過在徐江臨好字說出口的時候，作為在場資歷最深，也曾經擔任過徐江臨的指導獸醫師的許路年卻輕咳了聲打斷。

「咳！」

他這清嗓聲一出，馬上就被場邊一女一男一飼主行注目禮，每個人都死瞪著他，讓許路年萌生了一種他是不是不該介入的錯覺。

許路年走上前拍拍徐江臨的肩膀，接過了話語權。

原本蘇澄以為許路年要拒絕飼主欠費的事情，有些焦急的要幫忙說上幾句話的時候，只見他開口便是。

「艾奈盟的院長，林常恩院長在下午一點的時候有門診。你可以去掛他的門診。」許路年翻著手裡的醫師看診時間表說著，「有任何問題都可以在那時候向他提出。」

將那一組客人送走的時候，許路年轉過頭就看見有一組小拍檔正用崇拜的眼神看著自己。

「不要用那麼噁心的眼神。」許路年直接嫌惡的搧搧手將朝自己射來的兩道目光搧開。

面對許路年的解決方法，徐江臨和蘇澄只能給他點讚。

徐江臨作為被聘請的主治醫師，理論上答應了飼主賒帳，代表要用自己的薪水去貼補醫療費的空缺。

但是許路年將診推給院長的做法就不同了，就算院長要直接算客人免費看診那也不會有任何責任。

「不過那客人也是常客啦！」許路年揉揉額角嘆口氣，「明明自己過得並不如意，但卻不曾苦過毛孩子，只要有任何的病痛絕對會第一時間報到。」

「然後現在所有的醫師都會直接把這病患偷偷分配給院長處理。徐江臨你大概是第一次遇見，所以沒什麼經驗。」

「下次不要客氣，院長歡迎你。」許路年直接把艾奈盟院長給賣了，接著他看看手錶，「時間也該午休了，我先去給院長打個招呼。」

拿起手邊的資料，揉揉忙了一早上的肩膀，許路年剛推開門的時候外頭正巧有兩位看上去像母女的配置正打算進來。

「有什麼事情嗎？」許路年問著。

母女倆向穿著醫師袍的許路年還有徐江臨和善的點點頭，接著媽媽的下一句話，讓兩位醫師開始快速的腦連結究竟出了什麼問題。

「蘇澄在這裡嗎？」

徐江臨腦筋閃過的就是昨天剛出院，就被發現嚴重骨折的離奇案件，仔細一看後頭一直低著頭的女飼主，不就是昨天來給貓咪辦出院手續的人嗎？

許路年不一會也馬上和徐江臨想到了同一件事情，他不動聲色的將身子移動了一些，直到完全門擋住堵住了女客人不停朝裡頭張望的視線。

而一直都對醫師笑容和煦的女飼主在瞥到裡頭還有一個沒穿醫師袍的女性工作人員後，原本還笑彎的眼立刻瞇了起來，話語也不再那麼客氣，要不是許路年擋著她這會肯定會直接衝到蘇澄的面前指著鼻子問。

「妳就是蘇澄？」

還待在診間內消毒蘇澄聽到自己名字被高八度的不和善語氣說出來，正不明所以的要外出查看的時候，徐江臨拍拍她的肩膀，率先往外走去。

許路年見狀也稍稍退開了一步，將事情交給徐江臨處理。

「蘇澄就是她吧？」

「您好，我是徐江臨，您家貓咪的主治醫師。」徐江臨走上前也沒接話，而是直接給對面在治療期間從未出現過的寵物主人介紹了一番，接著他手朝外一伸做出了請的動作。

「有任何問題的話，請到會客室詳談。」

還摸不著頭緒的蘇澄湊到許路年的旁邊輕聲問著：「發生什麼事情？」

要是她沒看走眼的話，其中一個比較年輕的女生好像是昨天剛出院的貓咪，大虎的主人。

許路年打開手機的影片檔，將那張段的怵目驚心的X光影像開給蘇澄看。

大腿骨斷成了三塊，右大腿骨也從中間斷開，骨盆也有明顯的裂縫……能斷的這麼慘烈，還要衡量臟器受損的程度。

「車禍？」蘇澄猜測著，「剛出院就跑出去發生車禍嗎？」

許路年涼涼的瞥了蘇澄一眼，「主人懷疑車子是妳開的。」

「……哈？」

我草！不會吧？在醫院還能跑能跳，一回家過沒多久就能斷成這樣，還試圖賴在她身上嗎？

蘇澄馬上就從簡單的兩三句話之中，推算出一個大概的陰謀論。

「如果這事情發生在其他助理或是醫師手上，我還真的要擔心會不會車子真的是我們開的。」許路年還著手看著被引導去會客室的一行人嘆口氣，「不過是妳我就放心了。」

「與其相信妳會揍貓咪，把牠抓起來摔得四分五裂。還不如相信貓咪把妳抓起來痛打一頓。」

「……許路年，你這樣很容易失去我這個朋友喔！」蘇澄沒好氣的橫了許路年一眼。

她也沒這麼弱好嗎！

不過不得不說，徐江臨剛剛把自己擋在後頭，自己一個人迎上去的感覺還不賴。

好像只要有他站在前頭，就能替自己阻擋所有的風雨，穿著白袍的寬闊背影讓人倍感安心。

「雖然估計徐江臨一個人可以解決，不過我還是去知會院長一聲。」許路年在離開前特別對蘇澄叮嚀了一句，「作為當事者你可以在旁邊聽聽徐江臨會怎麼和飼主溝通，以後成為了獸醫師遇到的時候可能可以借鏡。」

「這種破事不會是最後一次發生，好好學。」

「只要沒有做的事情，就是沒有做，抓不住小辮子的。」

「喔！對了。」走到一半的許路年突然轉過頭，往蘇澄的手裡塞了一樣東西，「這是祕密武器，專門用來治那種亂甩鍋的客人。」

蘇澄看了一眼紙片狀的祕密武器，那是一串很熟悉的數字……這不就單純只是院長的手機號碼嗎？

在可以容納十個人的會客室中，母女組坐在一邊，徐江臨拿著大虎的病歷坐在一邊，靜靜地聽著故事有什麼疑難雜症。

雖然他昨晚就從許路年那邊收到第一手消息，但他還是想知道眼前的母女要怎麼解釋好好的一隻貓咪為什麼會像是被卡車壓過去一般。

「徐醫師，我們家阿虎原本是一隻很活潑的貓咪。」

「然後就在一周前因為感冒住院治療。」

「花了很多錢就算了，以為牠病好可以回家的時候，結果一回家打開籠子就拚命地往裡頭躲，一副很害怕的樣子。」

阿姨說到這裡還縮起了自己的肩膀，模擬貓咪害怕的模樣。

「結果呢？」

「一把牠從籠子裡頭抱出來，整隻貓跟爛泥一樣的趴在地上，一動也不動。」

「嗯。」徐江臨安靜的聽著描述，只在偶爾對方頓點的時候給予一點回應。

「我們就想說不對啊！你們說可以出院，結果怎麼比住院前還更要嚴重！就把貓咪帶到動物醫院去看，結果徐醫師你看我們發現什麼？」

「牠全身的骨頭居然都斷了！」阿姨說到氣憤處全身都激動地站起來，喝了一大口水後啪的一聲，把那張徐江臨昨晚就看見的慘況照片給拍在桌子上。

接過照片看了一眼，徐江臨確定骨骼斷裂程度和昨晚看到的一模一樣，半點都沒誇張。

「車禍？」徐江臨姑且問了一句。

「什麼車禍！你們的助理打貓啊！一定是虐待！」阿姨直接一口咬定是住院時的助理對待貓咪出了很大的紕漏。

「貓咪一回家就發現骨頭斷的七零八落的，難不成自己玩斷的？」阿姨說得十分激動，然後不出幾句話又是挑明她要找住院部的蘇澄，「蘇澄到底在哪？你們艾奈盟都是這樣包庇的嗎？」

「叫蘇澄出來解釋！」

就算對面的阿姨說到要跳腳，但是徐江臨依然是那副波瀾不驚的模樣，他冷冷靜的分析。

「大虎是在下午四點的時候離開醫院。而這張X光影像的拍攝時間是晚間八點的時候。」

說到這裡徐江臨很明顯地感覺到阿姨的氣勢突然一頓，而坐在她旁邊的年輕女子把頭低得更低。

照著眼前兩人的反應，徐江臨就知道自己重點抓對了。

這間隔的四個小時之間一定發生了什麼事情……

「隔、隔了四個小時那又怎麼樣？啊？」阿姨仍不想就著徐江臨停頓的階梯下台，反而緊咬著助理打貓這件事情不放。

也沒多做表示，他聯絡了櫃檯人員，請他們將艾奈盟住院部的監視器畫面調出。

畫面中徐江臨和年輕主人去外頭辦出院手續的時候，住院不確實只剩下蘇澄一個人在準備大虎的出院。

不過在蘇澄打開籠子的時候，大虎十分精神的衝刺而出，轉眼間就在住院部裡頭和蘇澄我跑你追起來。

看著畫面中那不停追在貓咪後頭跑，偶爾還趴在地上網籠底找貓，或是被突如其來朝自己衝過來的貓咪嚇得一愣的蘇澄，徐江臨的眼裡都染上了笑意。

尤其他的眼尾餘光還能看到某個笨蛋正偷偷的往會客室裡頭偷聽，悄悄冒出的腦袋瓜還有不停朝裡頭張望又怕被發現的小表情，說他偏袒好了，他完全不認為蘇澄是那種會對小動物動粗的人。

監視畫面中就算貓咪反抗的再激烈，跑得在歡騰，蘇澄自始至終都沒有任何過大的動作，更別說要近乎用摔的方式將貓咪摔成後半軀粉碎性骨折。

最後貓咪還是自己翹高尾巴，驕傲的昂著頭走進提籠。

「所以我認為，你們應該好好想想那四個小時究竟發生了什麼事情。」

回放著監視器的畫面，徐江臨看著臉色已經越來越差的阿姨說著，一切的責任歸屬十分的明顯。

貓咪之所以變成那樣，跟艾奈盟跟蘇澄半點關係都沒有。

躲在外頭偷聽的蘇澄只能隱隱約約的聽到裡頭徐江臨還有講話咄咄逼人的阿姨在討論著什麼，但是隔著一層玻璃傳出來的聲音全都糊成一片。

模模糊糊的聽到徐江臨讓他們好好思考，還有不停聽到自己的名字從主人方傳來。

或許是聲音過於斷續且遠，原本聽得仔細的蘇澄漸漸地就分心起來，逐漸被裡頭的身影吸引去了所有注意力。

徐江臨在會客室中神態自然的面對兩位客人，談吐從容自信，講話不疾不徐的讓人聽得十分有說服力。

而且不論對面的人講話多大聲多刺耳，他始終都是那種溫和平靜的模樣，嗓音從未透出任何不耐煩一直都溫潤如玉。

有一天她也可以成為那樣的醫師嗎？

注目的太過專心，蘇澄就連裡頭就連裡頭的年輕飼主推開會客室的門出來透氣都沒注意到，偷聽的事情迎面被抓包。

「妳是……」

我是許路年的這個想法只出現一瞬間就被蘇澄否決，她坦蕩的回答：「我就是蘇澄。」

對方原本訝異後頭躲一個人的表情，在聽到她說她就是她們口中那虐打貓咪的蘇澄後，一眨眼變成了愧疚。

「抱歉。」昨日來替貓咪辦理出院手續的年輕飼主充滿歉意的說著。

「X光影像是晚間八點拍的，出院後到送醫間發生什麼事情？」蘇澄問著。

大虎的主人靠在會客室玻璃上輕輕嘆口氣，「我爸昨晚喝醉了。」

「我發現的時候，大虎已經趴在地上……」大虎的主人看著天花板，眼裡滿是無力的輕輕嘆口氣。

然後你們就試圖甩鍋到她的身上嗎？

聽到對方這麼一說，蘇澄大致上捋清了前因後果。

照她貧瘠的想像力，估計那位阿姨想試試看因為艾奈盟助理的疏忽，導致貓咪嚴重骨折這件事情能否成立。

要是運氣好現場沒監控，大虎的家屬又死咬著她不放，堅持貓咪是她搞得。

那麼不就能要求艾奈盟負起全責嗎？

「實在很抱歉。」年輕主人再度充滿歉意的開口。

蘇澄其實很想問問，究竟是什麼樣的方法可以把好好的一隻貓咪打得像是被卡車壓過一樣。

事發現場那位阿姨都沒試著阻止嗎？

大虎現在有得到治療嗎？

有人向牠道歉，或是在一旁照顧牠嗎？現在最該得到一聲道歉的不是她，而是牠啊！

最後許許多多的問題，在蘇澄口裡只剩下一個字，「嗯。」

蘇澄最後既沒有接受道歉，也沒有不接受，僅僅表達自己聽到了。

也感受到現場有點尷尬的氣氛，女主人一時間進去也不是，離開也不是，只好跟著蘇澄一起往會客室裡頭看去。

「還真是不可思議。」女主人一眼就感受到了圍繞在年輕醫師身旁的氛圍。剛剛坐在對面還感受不出來，只覺得會客室裡頭那種強行要把一口黑鍋扣在無辜人身上的壓迫感讓自己喘不過氣來。

現在在外頭一看，才發現徐醫師是多麼得有條不紊地在面對明顯已經開始無理取鬧的媽媽。

不論對方有多地的情緒激昂，都彷彿劃不破圍繞在徐醫師身旁的靜謐。

「看著徐醫師整個人都會平靜下來。」

聽到這個評論，心情一直都好不起來的蘇澄終於和人對上眼。

「當然，他可是最棒的醫師。」

終於送走兩人後，徐江臨輕輕的呼出口氣，接著他一轉過頭就看見蘇澄抿著嘴看著自己。

徐江臨一看見就知道蘇澄現在的心情很低落，他走了過去將手放在蘇澄的頭上拍了拍。

他正想著要說點什麼來安撫一下人的時候，就看見蘇澄一把將在她頭上作亂的手抓了下來，然後對著他笑了。

「我才沒這麼矯情，會問還有什麼是我們能幫忙或是能做的嗎這種話。」蘇澄江徐江臨的手抓在手裡輕輕捏揉著。

雖然很殘酷，但是現實層面便是他們什麼都做不了，畢竟不是所有人都將牠們當作家人，在法律層面上牠們更只能算是個人所有物。

他們無權過問之後貓咪會怎麼被處理，就算問了也改變不了什麼。

蘇澄心裡明白，就算問了那答案也會是沒有兩個字，離開醫院後他們半點忙都幫不上。

看著那張垂著眼在按壓自己手掌有些冰涼的手，徐江臨開口道：「妳可以問問看。」

徐江臨的話一出，他馬上看到蘇澄對自己仰起了她的臉配合的問：「那沒有什麼我們能做的嗎？」

「雖然我們所能做的，就只有不去助長。」

「並且確保每一隻寵物在我們手裡都安全無虞。」

看到蘇澄不喜不怒只是淡淡的點點頭，徐江臨接著說：「不過大虎的事情已經聯絡相關單位介入，牠會得到妥善的治療，沒有人會再傷害牠的。」

「相關單位也會進一步評估該家庭是否適合繼續飼養寵物，別擔心。」

徐江臨話一說完他終於看見從剛剛開始就有些消沉的蘇澄，屬於她眼裡的光芒又重新亮了起來。

蘇澄咧齒一笑然後墊起腳尖，學著徐江臨剛剛的動作將自己的手放在他的頭上獎勵似的拍了拍，接著像是發覺缺乏了點什麼，手下觸感也還不錯般地順手將原本整齊的頭髮揉成了鳥窩狀。

「很棒很棒。」嘿嘿笑過後，心底陰霾被掃除大半的蘇澄對於徐江臨豎起拇指，「下午會更順利的！」

「對此我保持高度懷疑，妳忘記誰今天最後一天上班嗎？」

按照徐江臨對艾奈盟醫療體系的風俗民情了解，還有他們臉黑程度不加班就已經要偷笑。

「這不是還有你在嘛！」

看著突然活過來的蘇澄，徐江臨只能無奈的輕嘆著。

果然無論世界多麼的黑暗，只要給她一點光便能自發性的重新燦爛。

中午休息過後，下午的診許路年回到了自己的診間，徐江臨又重新和蘇澄單獨搭擋在了同一個診。

結果原本預想下午會忙到不行，或是出現幾個難處理的病患的兩人都被下午一路順暢的看診路線給嚇得一愣。

雖然這樣想有點不太好，可是比起上午，下午時段的診也太甜了一點。

運氣好最後一天上班剛好趕上下雨，所以比較清閒？

「總覺得要發生點什麼事情了。」蘇澄半點都不相信運氣好三個字會用在一個最後一天上班必須旺旺旺的人身上。

「別亂說話。」徐江臨用病歷夾敲了下那顆正胡思亂想希望來點什麼大事情好消除內心不安的小腦袋，「最後一天好好下班不好嗎？」
「總覺得和艾奈盟的傳統不太一樣，好像在醞釀著什麼陰謀一樣。」蘇澄用著一副陰側側的口吻說著：「等我們猝不及防的時候，一口將我們吞噬。」
語末她還向小怪獸一般地做了爪子向前一抓，嘴一咬的動作。
「……會被吞噬的只有妳。」面對自家人的腦活躍，徐江臨只能搖搖頭。
「你還記得大概將近一年前我第一次支援你門診的事情嗎？」
「嗯，記得。」
「那時候你在我心中的地位在這裡。」蘇澄努力伸高手比了個她所能比的最高動作，「可是一進入診間看到你在地板找貓，就只剩下這麼高。」
徐江臨看著那驟降到只有膝蓋位置的高度，只能打出一串省略符號。
「我覺得還挺好的，比想像的還要平易近人。」
「讓我覺得，其實目標也沒那麼遠。」說著蘇澄露出笑容，「下一回再踏入這個診間就是以實習醫師的身分呢！」
「然後就可以準備超越你了！」蘇澄握起拳頭對著假想中的目標揮了揮，「洗乾淨脖子等我抹吧！」
「還遠著呢……小菜雞。」徐江臨想了想後道：「一開始估計會跟著許路年一塊看診，好好活著。」

蘇澄聽到所有人對許路年的評價都是讓她好好努力生存，不禁有點擔心的嚥了口口水。

看到蘇澄突然提起心來的表情，徐江臨輕笑了聲，「別擔心，是妳的話沒問題的。」

「因為我很厲害嗎？」

「因為妳臉皮厚。」

「徐江臨你這樣很容易失去會陪你一起趴在地上找貓的好夥伴喔……」蘇澄對著徐江臨皺了皺鼻子。

「下次找貓我一定還找妳一起趴。」徐江臨隨口回著。

就他了解，這傢伙的氣焰如果不適時的打壓一下，肯定會著長得沒完沒了。

不過時間過得真快，從她來支援診間到現在的最後一診轉眼就過了快一年的時間。

那時候他記得蘇澄無論大小事情都會特別確認過他的眼神，還確保自己所做和所想的跟他一樣。

跟現在人小鬼大的模樣形成對比，真的是無時無刻都在全力奔跑成長著。

自己要是不多努力一些，或許一瞬間就會被她給超越。

徐江臨將手中最後一份病歷交給蘇澄，「最後一診。」

「好的，徐醫師。」

下午診的最後一診，進入診間的是一對年輕的夫妻手裡還牽著一個小男孩，粉紅色的手提籠裡面裝著一隻雪白色看上去有些瘦弱的瑪爾濟斯。

「牠今天怎麼了？」徐江臨伸手輕輕從眼睛、嘴巴、脖子直到尾巴一點點的摸過去。

妞妞，十三歲的瑪爾濟斯，平時身體健康因此在艾奈盟的病歷十分乾淨整潔。當然也不排除曾去其他醫院就診。

這是看過病歷後，蘇澄第一時間得到的資料，詳細的情形還是要等和狗狗相處最久的飼主告知，才能進一步的整合問題。

「牠最近很常咳嗽，食慾不好，而且很喘。晚上好像也都睡不好，很少看牠趴下來。」

一聽到喘這個問題，徐江臨馬上就關注起了妞妞的呼吸。

只見牠頭微微地揚起，為了獲得更多的氧氣嘴巴無法閉攏的大口呼吸著，原本該緩慢起伏的胸口和腹肚也用力的在大力且快的縮放。

「咳咳咳——」妞妞頭一低馬上用力的咳著，咳完還因太過用力有了乾嘔的動作吐出了一口白色的口水泡沫。

那聲音聽起來就像是有一根骨頭橫在喉嚨咳都咳不出來一般讓人聽得難受。

「對！就是這個聲音，會不會喉嚨卡到東西了？」女主人焦急的問著。

「先讓醫師看完。」男主人在一旁將不停向前靠的太太往後帶了帶。

看到妞妞的情況，再搭配上喘、無法趴下、咳嗽、腹部呼吸等症狀，徐江臨和蘇澄也經有了大概的推測。

估計就是心臟出了問題。

心臟病不舒服導致的咳嗽，有時候著人會誤以為狗狗的喉嚨或是哪裡東西梗著，不過目前妞妞的情況心臟問題才是主因。

戴上聽診器，徐江臨仔細地聽著妞的心臟狀態。

正常的心音要是乾淨且有彈性的聲音，一下接著一下的規律不止。

只是現在迴盪在耳裡的心臟聲音，就好像一顆沒有彈性的皮球在一汪水裡努力彈跳，隆隆的聲響取代了乾淨的砰砰聲。

似乎有時候還會跳累般的停了一下，再接著跳，有時候又會突然急促的鼓譟著，一點規律都抓不到。

看到妞妞外觀表現出來的症狀，再搭配上這心臟糟糕的聲音，徐江臨和續著說著初步判斷，「妞妞的心臟目前有極嚴重的心雜音。」

「不是東西卡到嗎？」

「你先聽醫師說完。」先生依然負責冷靜的工作。

「具體的嚴重程度，還需要等到檢查結果出來，才能和您說明。」

「那就檢查吧！」

家屬同意後，得到徐江臨示意的蘇澄馬上將檢查安排下去，而等待東西備妥期間徐江臨看著就算已經開始給予氧氣支持仍不停咳嗽深呼吸的妞妞，向主人說道。

「妞妞目前的狀況，隨時都有可能會產生心臟衰竭的風險。」

「情況不樂觀，希望你們能明白。」

「好，能理解。」

男主人很理智的點點頭，只有女主人從寵物狗已經嚴重到先送入氧氣箱給氧後就開始不發一語。

「妞妞加油！」年紀大約六歲的小男孩站在氧氣箱前，給妞妞打氣著，「以後我的點心都分你吃。」

「徐醫師，X光室還有驗血前的準備都已完成。」蘇澄快步地走入診間。

點點頭，徐江臨將仍喘個不停的妞妞從氧氣箱裡抱出，剛放到檯子上一滴摻雜著粉紅色的液體就從妞妞的鼻子留下，啪搭的落在診療台上。

「牠在家裡有時候喘起來的話，也會留粉紅色的水，有時候咳嗽也會噴出來一些。」

看到那液體男主人補充著寵物在家裡的情況。

心臟病正在發作的患犬或患貓，當牠們的心臟開始發生心衰竭的時候，肺部就會開始出水跟出血，水跟血混和後的結果就是眼下所看見的粉紅色液體。

「開始心衰竭。你們要有心理準備，現在的情況很不樂觀，心臟隨時都有可能會停止。」徐江臨抬頭簡單的和家屬交代了一句，接著轉過身就開始準備基本的心臟急救藥物。

蘇澄也跟上幫忙準備藥物的動作。

肺部開始出血的情況下，代表著左心開始衰竭，牠可能等不到檢查結果出來的時候。能多爭取一點時間是一點時間！

有著同樣想法的兩人，很有默契的準備著待會可能會用到的所有藥物和機器。

「醫師，你說的心臟停止是什麼意思？」女主人看到醫師和助理突然忙起來，也感覺到氣氛緊張的她追問著。

「急救同意書，請您簽名。」蘇澄將同意書拿給男主人。

「為什麼要急救！我不同意！」女主人在旁邊阻攔著。

「先別鬧。」男主人一手攔著女主人一手飛快的簽名簽下，「麻煩您了。」

蘇澄才剛收到簽名的下一刻，原本站立在診療台上的妞妞突然高聲的哀鳴一聲，緊接著是一連串不停的咳嗽。

「咳咳咳咳——」妞妞胸口劇烈的收縮，像是要把肺咳出來一般的用力，每一聲都伴隨著血沫飛濺。

最後妞妞用力嘔出了一大口血，腳下一軟身子側躺下去。
「插管！四號半氣插管、喉鏡、急救球！」徐江臨用紗布將妞妞嘴裡的血沫清乾淨的同時，嘴裡也喊出一串急救用物。
「啊！妞妞！」女主人看著寵物睜大著眼睛倒下，馬上撲上來就想要把牠抱起，最後也是由她先生將人攔下。
「醫生，牠這是怎麼了？怎麼會突然吐血！」
「是不是剛剛打錯針了？」
「徐醫師剛剛有說妞妞是嚴重的心臟病。」先生將人拉離診療台的同時，也有抓著剛剛一連串的講解重點。
將妞妞的嘴巴上下分開準備插管的時候，牠仍不斷用力深呼吸著，隨著牠每一次拱背用力喘息都不停的會有鮮血從牠的氣管湧出。
徐江臨手一伸，蘇澄馬上便把準備好的針劑放到他手中。
急救球不停的壓著，但是慢慢的牠呼吸的次數越發減少，睜大的眼睛慢慢失去光彩。
不間斷的藥物給予還有心肺復甦術，仍無法阻止妞妞的身軀放鬆下來，最終聽診器除了急救球擠壓時氧氣灌入的咻咻聲外，再無其他聲音。
三十分鐘後，徐江臨直起身很遺憾的對家屬宣布急救無效。

相較於男主人輕撫著妞妞和其道別，眼眶雖然泛紅但依舊冷靜的態度，女主人直接情緒崩不住的哭了起來。

「為什麼！」

「心臟病導致的心衰竭。」徐江臨替妞妞擦著嘴邊的血跡時說著，「這種情況轉變很迅速。」

從剛還能站著喘氣到牠倒下也就經過了短短十分鐘的時間，有時候疾病的變化就是如此的讓所有人都猝不及防。

「剛剛如果不急救，是不是就沒事了？嗚嗚嗚……妞妞！」

「妞妞你醒來啊……」

蘇澄和徐江臨靜靜地在一旁陪著正在抒發情緒的畜主們，等著他們稍微緩過氣才好討論下一步該怎麼處理。

「妞妞媽媽帶你回家。」女主人邊掉著眼淚邊抱起妞妞轉身往診間外走去。

跟在後頭的男主人抹掉眼角的淚珠後，對著徐江臨還有蘇澄道謝：「醫師，剛才謝謝你們。」

只是在男主人的話才剛落下，已經走出診間的女主人突然衝了回來，高聲的指著他的鼻子就罵。

「你為什麼要跟他們道謝？」

「我不准你跟他們道謝！」

「又沒有把我的妞妞醫好，有什麼好謝的！」

「醫院養著一群沒用的醫師，他們還要給我的妞妞道歉！」

說道最後女主人近乎是情緒崩潰的高八度叫著，只有男主人不停地對他們露出歉意的目光然後連推帶拉的才把女主人帶走。

蘇澄在艾奈盟的最後一診如此落下帷幕，外頭的雨仍淅瀝瀝的不停落下，澆的所有花草全都抬不起頭來，壓抑著氣氛悶熱潮濕。

下班後的蘇澄和徐江臨站在艾奈盟後門的樓梯間，等著待會會一起下班的許路年和林莉亞。

兩人看著外邊的雨世界還有綿延不絕的雨聲，不遠處一個小小的黃衣小孩朝他們跑了過來。

啪啪啪的小水窪被他踩的水花四濺。

「大姊姊。」

剛才跟著那對夫妻來的小男孩對蘇澄伸出了一隻手，帶點小肉窩的手裡拿著一株綻放的小白花，花瓣上還沾著雨珠。

「大姊姊，謝謝妳。」

「妞妞牠已經不痛了。」小男孩對著蘇澄笑出兩個小小的酒窩，等蘇澄呆愣愣地把花接過後，又沿途踩跳著水窪消失在雨幕中。

「今天還真是糟透了。」蘇澄無奈的搖搖頭。

徐江臨看著捏著花桿邊轉花邊看著雨神遊的蘇澄輕輕的嘆了口氣。

開始感到迷惘了嗎？

畢竟最後一天上班，遇上的都不是什麼太好的事情。

願意治療可是只能欠費的飼主，明明康復回家卻被打的半身不遂以後還能不能好好走路都不好說的貓咪，急救無效心情已經夠糟還要被歇斯底里指著罵廢物。

最後最懂事的還是一個小男孩……

「蘇澄。」

徐江臨和蘇澄肩並肩站著，他看著灰濛濛的天開口：「當初我會成為獸醫師的契機確實是因為和一個愛哭鬼做了約定，只是時間久了就覺得這職業還挺有意思的，也願意持續的努力下去。」

「妳呢？妳為什麼想為獸醫師？」

如果只是因為最一開始她所說的和某人也有過約定，那徐江臨並不覺得那個約定的力量有辦法支持她一路走下去，畢竟這不是個輕鬆的行業。

要面對很多的生離死別，許多的無理取鬧還有更多的莫可奈何，每一件事情對自己的目標還有信心都是一種考驗。

蘇澄聽到後側過了頭看徐江臨，和他猜想的不同那雙朝自己看過來的眼裡沒有半點他所想像的迷惘，而是如以往一般的清澈透亮。

她苦笑著輕輕嘆了口氣：「雖然今天糟糕透了……不過我沒問題的！」

蘇澄馬上就理解徐江臨突然找自己搭話的原因，她有些不太好意思的嘿嘿一笑回答著。

「能讀懂動物所傳達的訊息，這不是很棒嗎？就跟魔法一樣！」

「我也想施展看看魔法，看看你們眼裡的世界。」

雖然蘇澄的理由有些孩子氣，但是徐江臨並不討厭，畢竟這就是他喜歡的蘇澄。

徐江臨唇角輕輕勾起，他一手撩起蘇澄的瀏海頭一低在她的額上落下一吻。

「這是我給妳的魔法。」

「妳一定會成為優秀的獸醫師。」

蘇澄碰了碰剛剛被施予魔法的額頭，感受著還殘留著的溫熱時，她雙手搭上了徐江臨的肩膀，稍稍踮起腳後便毫不客氣地在徐江臨的唇上落下一吻。

一吻雖然短暫，但卻充滿了兩人的氣息，像是被施展了咒語一般甜蜜美好。

「這是我給你的制約。」蘇澄狡詐的眨眨眼，她笑出兩排牙道：「在我和你併肩前，不許走得太快太遠。」

「我很快就會追上去。」

「我等妳。」

滴滴答答答答答——

就算世界被雨水沖刷的彷彿退了一層色彩，到處都被水氣瀰漫，像是蒙了層紗一般讓人看不透烏雲後的世界。

她的笑容依然如暖陽一般的燦爛。

全文完

後記

首先感謝翻到這頁的所有讀者們，後記不包含任何劇透項目可以安心觀看。

這是我第一次挑戰用第三人稱的方式寫作，也是第一次挑戰有關愛情的故事，太多的第一次嘗試，讓本書出現的過程中充滿驚喜。

就像原本想寫一個關於海生館的故事，波普原本也是一隻企鵝，但是寫著寫著就變成了現在的模樣。

我覺得生命中真的很難跟任何人或寵物道別，還記得那時侯家裡養的小白狗心臟病過世，其實我最後悔的就是沒有好好的去看她最後一面，跟她好好的說再見，那時候的我就是個膽小鬼呢……

希望看完本書的所有人都能擁有可以好好接受分離，說再見的勇氣。

我覺得接受永別就像企鵝學飛一般，縱使笨拙卻依然值得萬分努力。

最後我只想說，我真的認識那隻山羌！牠真的吃炒麵！

有機會的話我們下本書繼續相見，愛大家！

要青春102　PG2874

要有光
FIAT LUX

見習獸醫陷入愛河！

作　　者	魚璃子
責任編輯	楊岱晴
圖文排版	蔡忠翰
封面設計	王嵩賀

出版策劃	要有光
發 行 人	宋政坤
法律顧問	毛國樑　律師
印製發行	秀威資訊科技股份有限公司 114台北市內湖區瑞光路76巷65號1樓 電話：+886-2-2796-3638　傳真：+886-2-2796-1377 http://www.showwe.com.tw
劃撥帳號	19563868　戶名：秀威資訊科技股份有限公司 讀者服務信箱：service@showwe.com.tw
展售門市	國家書店（松江門市） 104台北市中山區松江路209號1樓 電話：+886-2-2518-0207　傳真：+886-2-2518-0778
網路訂購	秀威網路書店：https://store.showwe.tw 國家網路書店：https://www.govbooks.com.tw
總 經 銷	聯合發行股份有限公司 231新北市新店區寶橋路235巷6弄6號4F 電話：+886-2-2917-8022　傳真：+886-2-2915-6275

出版日期	2022年12月　BOD一版
定　　價	350元

讀者回函卡

Printed in Taiwan

國家圖書館出版品預行編目

見習獸醫陷入愛河!/魚璃子著. -- 一版. -- 臺北市 : 要有光, 2022.12
面 ;　公分
BOD版
ISBN 978-626-7058-67-1(平裝)

863.57　　111017595